세상 모든 것으로부터의
정중한 초대

세상 모든 것으로부터의
정중한 초대

초판 1쇄 펴낸날 2014년 5월 31일

지은이 | 랄프 왈도 에머슨
편역자 | 이창기

발행인 | 이종근
편집 | 김성수 디자인 | 안수진
마케팅 | 이종근 · 임동건

펴낸곳 | 하늘아래
주소 | 서울시 종로구 이화장1가길 6 부광빌딩 402호
전화 | 02-374-3531 팩스 | 02-374-3532
전자우편 | haneulbook@naver.com
등록번호 | 제300-2006-23호

ISBN 978-89-89897-89-7 (03800)
Korean Translation Copyright ⓒ 2014, 이창기

값 12,000원

*이 도서의 국립중앙도서관 출판시도서목록(CIP)은 서지정보유통지원시스템 홈페이지
  (http://seoji.nl.go.kr)와 국가자료공동목록시스템(http://www.nl.go.kr/kolisnet)에서
  이용하실 수 있습니다.(CIP제어번호: CIP2014015329)

미국의 지적 독립을 이끈
에머슨이 전하는
삶과 영혼을 위한
힐링 스토리

세상 모든 것으로부터의

정중한 초대

랄프 왈도 에머슨
이창기 편역

하늘아래

우리는 우리가 아는 것보다
훨씬 더 현명한 존재다.

우리가 우리의 생각을 훼손시키지 않고
전적으로 자신의 생각에 따라 행동하거나,

또는 사물들이 어떻게 신을 상징하고 있는가를
깨닫게 된다면, 우리는 특정한 사물,

나아가 모든 사물과
모든 인간을 알 수 있다.

이 책에 실린 텍스트에 관하여

에머슨의 에세이는 『자연론』(1836)이라는 얄팍한 한 권의 책을 제외하고는 모두가 그의 강연 내용을 기록·편집한 것이다.

게다가 그의 강연은 말하고자 하는 주제를 일관되게 서술하기보다는, 주제를 중심으로 마음에 떠오르는 다양한 생각과 실례들을 거침없이 토로하는 독특한 방식으로 행해졌다고 한다.

그 덕에 이 연설 내용을 책으로 묶는 과정에서 요약과 첨삭은 피할 수 없는 문제였으리라.

『제1수필』의 경우 1841년의 초판본에 이어 1847년, 재판본이 나오면서 그 자신에 의해 장황하거나 불분명한 문장이 삭제되는 등 대대적으로 수정·보완되었다는 것도 이런 태생적인 한계를 엿보게 한다. 바로 이 지점에서 그의 에세이의 일부를 발췌해서 번역한 편역자의 변명이 들어 있다.

대체로 자의적이긴 했지만, 그 선별은 재판본을 펴낼 때의 의도와 같이, 다소 장황하거나 다른 문화권에 있는 우리 독자들에게 생소한 많은 인용과 실례들이 자칫 지속적인 읽기를 방해할 수 있다는 우려를 염두에 두고 이루어졌다.

이런 저간의 사정은 영어권에서도 예외는 아니어서 이런 발췌본(그의 저술을 모두 모은 결정본은 영문으로 800쪽이 넘는다)들이 단순히 천박한 문화의 산물로 치부되지 않고 나름대로의 취지를 살리며 당당하게 경쟁하고 있다.

에머슨의 두 권의 수필집의 총목차는 다음과 같다.

『제1수필집』(1841년)	『제2수필집』(1844년)
역사History	시인The Poet
자신감Self-Reliance	경험Experience
보상Compensation	성격Character
정신의 법칙Spiritual Laws	태도Manners
사랑Love / 우정Friendship	선물Gifts / 자연Nature
분별Prudence	정치Politics
영웅주의Heroism	명분론자와 현실주의자 Nominalist and Realist
초영혼The Over-Soul	
순환Circles / 예지Intellect	새로운 영국의 개혁가들 New England Reformers
예술Art	

이 가운데 이 책에 수록된 부분은 역사, 자신감, 보상, 초영혼(이상 『제1수필집』), 경험, 자연, 정치(이상 『제2수필집』) 등 일곱 개의 소주제다. 특별한 선별 기준은 없지만, 비교적 널리 알려진 글들과 역자의 취향이 고려됐다.

이 일곱 편의 글만으로도 에머슨의 정중한 초대를 받는 데는 모자람이 없을 듯하다. 에머슨의 숲으로 가는 잘 그려진 약도나 산뜻한 오솔길이 되기를 희망해 본다.

발췌본의 참고가 된 리처드 휠란Richard Whelan의 편집본과 나의 선별 기준이 일치할 때 나름대로 작은 기쁨을 누리기도 했다.

참고로 에머슨의 시와 수필 등 모든 그의 원본 텍스트는 웹사이트에 있는 에머슨 관련 홈페이지에서 언제든지 다운로드 받을 수 있다.

역자 역시 여기에 올라 있는 텍스트를 원본으로 삼았고 (초판본이다), 수정된 『제1수필집』의 재판본은 리처드 휠란 편 『자신감Self-Reliance』에서 비교하고 참고할 수 있었다. 좀 수상쩍다 싶은 번역은 원문을 뒤져보는 것도 책을 읽는 재미 중의 하나일 것이다.

에머슨의 에세이에 대한 부분적인 번역은 이미 이창배,

윤삼하, 신문수 씨에 의해 이루어졌으며, 한 후발 번역자에게 그 분들의 노고가 적잖은 참고가 되었음을 밝힌다. 사족이지 싶지만, 이 모든 수고가 에머슨의 완역본을 향한 노력의 일환임은 자명하다.

차례 | Contents

{ # 자신감
Self-Reliance }

· · · · ·

자기 자신의 생각을 믿는 것. 스스로 진리라고 생각한
것이 모든 사람에게도 진리일 거라고 믿는 것, 그것은
뛰어난 재주다. 당신의 마음에 담아둔 확신을 말하라.
그러면 그것이 보편적 견해가 될 것이다.

속으로 간직했던 생각이 때가 되면 구호가 될 수도 있
다. 그리고 우리가 맨 처음에 했던 생각은, 마지막에 이
르면 다시 우리의 것이 될 것이다.

나는 속죄하는 삶이 아니라
참된 삶을 살고 있다.

나의 삶은 그 자체로서 존재하는 것이지
보여주기 위해 있는 것이 아니다.

▼▲▼

자기 자신의 생각을 믿는 것, 스스로 진리라고 생각한
것이 모든 사람에게도 진리일 거라고 믿는 것, 이것
이 곧 뛰어난 재주다.

당신의 마음에 담아둔 확신을 말하라. 그러면 그것이 보
편적인 견해가 될 것이다. 왜냐하면 속으로 간직했던 생각
이 때가 되면 구호가 될 수도 있기 때문이다.

그리고 우리가 맨 처음 했던 생각은 마지막에 이르면 다
시 우리의 것이 될 것이다.

사람이란 모름지기 시인이나 성자들이 말하는 뛰어난
예지나 계시보다, 자기 마음속에서 일어나는 번뜩이

는 생각을 발견하고 이를 주시하는 법을 배워야 한다. 하지만 사람들은 그것이 자기 것이라는 이유로, 자신의 생각을 아무렇게나 굴린다.

천재들의 작품을 읽다가 언젠가 자신도 이와 비슷한 생각을 한 적이 있다고 느낄 때가 있지만, 이미 그 생각은 가까이 할 수 없는 묘한 위엄을 가지고 우리에게 다가온다. 위대한 예술작품이 우리에게 주는 감동적인 교훈이란 고작 이런 정도다.

위대한 작품은 대다수의 사람들이 하나같이 비판의 목소리를 내고 있을 때에도 자신들의 자연스런 느낌을 흔쾌히 수용할 것을 우리에게 가르친다. 그렇지 않으면 바로 내일 엉뚱한 사람이 나타나 제법 아는 체를 하며, 오늘 우리가 느끼고 생각한 것을 말할 것이다.

그러면 우리는 부끄럽게도 다른 사람에 의해 말해진 우리 자신의 의견을 어쩔 수 없이 받아들여야 한다.

공부를 해나가다 보면, 질투는 무지의 소산이며 모방은 곧 자살이며, 싫든 좋든 자기 몫으로 주어진 것은 자기 스스로 해결해야 한다는, 이를테면 이 넓은 우주는 온갖 좋은 것으로 가득 차 있지만 자기에게 맡겨진 한 뙈기의 밭을 스스로 일구지 않으면, 자기가 먹을 곡식은 한 알도 손에 들어오지 않는다는 것을 깨달을 때가 있다.

자기 안에 존재하는 힘은 자연계에서는 없던 새로운 힘이며, 자기가 무엇을 할 것인지는 자기 자신 말고 아무도 모른다. 자기 자신도 그것을 실제로 해보기 전까지는 알지 못한다. 어떤 사람의 얼굴이나 성격, 또는 어떤 면이 누군가에게는 깊은 인상을 줄 수도 있지만, 또 다른 누군가에게는 아무런 느낌도 주지 못한다.

너 자신을 믿어라. 그러면 그 현의 떨림이 많은 사람들의 심금을 울릴 것이다. 신의 섭리로 맡겨진 너의 지위와 동시대 사람들로 이루어진 사회, 그리고 거기서 일어난 여러 사건들과 관계를 받아들여라.

위인들은 항상 그렇게 했다. 그리고 어린아이처럼 그 시대의 정신에 자기 자신을 맡겨라.

밥을 먹을 때도 욕심을 내지 않고 어떤 일에서나 환심을 사기 위해 정중하게 말하고 행동하는 것을 경멸하는 소년들의 무관심은, 인간의 본성이 건전하다는 것을 말해준다.

가게에 앉아 있는 소년은 극장에 앉아 있는 관객과 같다. 소년은 자기 좌석 옆으로 지나가는 사람이나 주변에서 벌어지는 일들을 거리낌없이 자주적으로 바라보고, 소년답게 민첩하고 간명하게 사람과 사건들에 대해 '좋다', '나쁘다', '재미있다', '바보 같다', '멋있다', '짜증난다'는 등의 평가를 내린다.

소년은 결과나 이해관계에 대해 신경 쓰지 않는다. 그는 주체적이고 순수한 판단을 내릴 뿐이다. 우리가 소년의 눈치를 보는 것이지 소년이 우리의 눈치를 보는 것은 아니다.

사람들이란, 말하자면 자의식의 감옥에 갇혀 있는 셈이다. 그가 박수를 받으며 말하고 행동하는 매 순간마다, 그는 수많은 사람들의 증오나 동정의 대상이 되어 죄인인 양 그들의 감정을 살피지 않을 수 없게 된다. 이 일에 대해서는 망각의 강도 없다. 아, 그가 본래의 상태로 다시 돌아올 수 있을까!

그러므로 약점이 될 어떤 약속도 하지 않고, 지금까지 해온 대로, 뽐내지 않고 편견 없이, 뇌물과 협박에도 굴하지 않는 순수한 마음으로 일을 할 수 있는 사람은 시종 무서운 사람임이 틀림없다.

일관성이라면 소인배들은 죽기살기로 매달리며 떠받든다. 소심한 정치가나 철학자, 신학자들도 마찬가지다. 만약 당신이 어른이 되고 싶다면, 오늘 생각한 것은 오늘 총알 같이 말하고 내일 생각한 것은 내일 단호한 어조로 말하라. 비록 내일 말한 것이 오늘 말한 것과 모순될지라도.

고적한 경지에서 우리가 들은 목소리는, 세상 속으로 들어가면 점점 미약해져 마침내 들리지 않게 된다. 사회 곳곳에는 그 구성원 하나 하나에 주어진 그런 용기를 억누르려는 음모가 도사리고 있다.

자기 자신의 생각을 믿는 것

스스로 진리라고 생각한 것이
모든 사람에게도 진리일 거라고 믿는 것

사회란, 그 구성원들이 주주들에게 더 많은 빵을 확보해
줄 것을 책임진 대신에 그 빵을 먹는 사람들의 자유와 문화
를 포기할 것에 동의한, 일종의 주식회사다.

사회에서 가장 절실하게 요구하는 덕목은 화합이다. 자
신감은 사회가 증오하는 것이다. 사회는 실제와 창조적인
인간을 사랑하지 않고, 명성과 관습을 사랑한다.

누구든지 참다운 사람이 되고자 한다면, 세상과 영합
하지 말아야 한다. 불멸의 영예를 얻고자 하는 사람
은 선善이라는 미명에 흔들리지 말고, 그것이 과연 선善인
지 아닌지 따져보아야 한다. 결국 자기 자신의 마음을 처음
그대로 보전하는 것보다 신성한 것은 없다.

먼저 자기가 자기 스스로에 대해 결백을 선언하라. 그러
면 당신은 세상의 인정을 받으리라.

진리는 형식적인 사랑보다 더 아름답다. 우리들의 선善
에는 어느 정도 날카로운 구석이 있어야 한다. 그렇

지 않다면 그것을 무엇에다 쓸 것인가.

나는 속죄하는 삶이 아니라 참된 삶을 살고 있다. 나의 삶은 그 자체로 존재하는 것이지, 보여주기 위해 있는 것은 아니다.

내가 해야 할 일은 모두 내가 관심을 가진 것들일 뿐, 남들이 뭐라고 생각하든 개의치 않는다.

이 원칙은 일상생활에서나 학문 활동에서나 똑같이 어려운 일이긴 하지만, 이것이 우등과 열등을 구별하는 완전한 척도가 될 것이다.

세상에는 당신의 의무가 무엇인지를 당사자인 우리가 알고 있는 것보다 더 잘 알고 있다고 생각하는 사람들이 항상 있게 마련이므로 그 분별은 더 어렵다. 여론의 흐름에 따라 세상을 사는 일은 쉬운 일이다.

그러므로 위인이란, 군중의 한가운데 있으면서 철저하게 온화한 태도로 고고한 삶을 유지할 수 있는 사람을 말한다.

아무리 다양한 일을 벌일지라도, 그 행동이 그때그때 정직하고 자연스럽다면 거기에는 일치된 점이 있을 것이다.

그 행동들은 하나의 의지에서 나왔기 때문에 비록 다르게 보일지라도 내적으로는 조화를 이루고 있다. 조금 멀리서, 조금 차원을 높여 생각해 보면 그 둘이 서로 다르지 않다는 것을 알 수 있다.

최고의 선박이라 할지라도 바람에 따라 수없이 방향을 바꾸며 지그재그로 항해한다. 그러나 멀리서 보면 그 배의 항로는 대체로 직선을 그리고 있다.

술에 취해 거리에 쓰러져 자고 있는 주정뱅이를 공작의 집에 데리고 가, 깨끗이 씻기고 옷을 갈아 입혀 공작의 침대에 눕혀 놓았다. 그리고 그가 깨어나자 마치 공작인 양 극진하게 모셨다.

그러자 주정뱅이는 자기가 과거에 잠시 정신이 나가 있었다고 확신했다. 이 우화가 사람들에게 널리 알려진 이유는 인간이 어떤 존재인가를 교묘하게 상징하고 있다는 점 때문이다.

인간이란 이 세상에 사는 일종의 주정뱅이다. 그러나 때때로 술이 깨어 정신을 차린 뒤, 자기가 진짜 왕자라는 것을 알게 되는 것이다.

독자적인 행동을 하도록 이끄는 힘은 우리가 자신감을 갖는 이유를 따져볼 때 이해된다.

이 '신뢰받는 사람'은 누구인가? 보편적인 믿음의 배경이 될지도 모르는 본래의 자아란 무엇일까?

얼마간의 독립적인 요소가 드러난다면, 사소하고 불순한 행동일지라도 한 줄기 아름다운 빛을 비추는, 천체의 변화에 따라 움직이지도 않고 측정할 수 있는 요소도 없이, 과학으로도 풀지 못하는 저 별의 본성과 힘은 무엇인가?

이에 대한 탐구는 천재와 덕의 본질이자 생명의 본질인, 우리가 '자발성' 또는 '본능'이라 부르는 그 원천으로 우리를 이끌어간다. 이 최초의 지혜를 '직감'이라고 이름짓는다.

반대로 직감 뒤에 오는 모든 가르침은 학습된 것이다. 그

궁극의 사실, 곧 분석이 미칠 수 없는 그 도저한 힘 속에서 만물은 그들의 공통적인 기원을 발견한다.

왜냐하면 우리가 어떻게 해서 생겨났는지 알 수 없으나, 고요한 시간마다 영혼 속에서 움트는 존재에 대한 느낌은 공간과 빛과 시간과 인간이 따로 떨어진 존재가 아니라 하나의 통일체이며, 분명히 그들과 같은 원천에서 생명과 존재가 나왔다는 것이다.

우리는 사물을 존재하게 하는 생명을 가장 먼저 부여받았음에도, 그 뒤로는 사물을 자연현상의 하나로 간주함으로써 그들과 그 근원이 같다는 것을 잊는다.

여기에 행위와 사상의 근원이 있다. 인간에게 지혜를 주는 영감의 원천이, 신앙이 없거나 무신론자가 아니면 부정할 수 없는 영감의 원천이 바로 여기에 있다.

우리는 무한한 지혜의 무릎에 안겨 있다. 그 무한한 지혜는 우리를 그 진리를 담는 그릇으로 만들며, 그 행위를 전달하는 기관이 되게 한다.

우리가 정의를 인식할 때, 우리가 진리를 인식할 때, 우리 자신은 무엇을 하는 것이 아니고 다만 그 지혜의 빛줄기를 따라 가는 것이다. 만약 어디서 이 지혜가 왔느냐고 묻고, 또 그 원인이 된 영혼을 규명하고자 하면, 모든 철학은 방향을 잃을 것이다.

영혼의 존재 여부를 규명하는 것만이 우리가 확신할 수 있는 전부이다.

과거 숭배는 언제 어디에서 유래한 것일까? 지난 세기는 영혼의 건전함과 권위를 차단해버리려는 음모자다. 시간과 공간은 눈이 만들어내는 생리적인 색채에 불과하지만 영혼은 빛이다. 따라서 영혼이 있는 곳은 낮이요, 영혼이 있었던 곳은 밤이다.

그러므로 만일 역사가 나의 존재와 생성에 관한 산뜻한 교훈담이나 우화 이상의 무엇이 되려 한다면, 그것은 자신의 주제를 모르는 일이며 손해보는 일에 불과하다.

인간은 비겁하고 변명을 좋아한다. 그러므로 인간은 더 이상 정직해질 수가 없다.

그는 감히 "나는 생각한다.", "나는 이렇다."라는 말을 하지 못하고, 그 잘난 성자나 성현의 말을 인용하려 들 뿐이다. 이런 사람은 가녀린 풀잎이나 피어나는 장미꽃 앞에서 부끄러워질 것이다.

내 창 아래 핀 장미꽃은 그 전에 핀 장미꽃이나 더 아름다운 다른 장미꽃들에 대해 아무런 언급도 하지 않는다. 그들은 있는 그대로 존재하며, 신과 더불어 오늘을 살고 있다.

장미에는 시간이라는 것이 없다. 다만 장미 자체만이 있을 뿐이다. 그러나 그것이 존재하는 순간에 장미는 완전하다.

인간은 현재에 살지 않고 내일로 미루거나 추억 속에 산다. 눈을 뒤로 돌려 과거를 슬퍼하며 자기를 둘러싸고 있는 풍요를 돌보는 대신 미래를 예견하려고 발꿈치를 들고 있다.

자연과 더불어 인간이 그 시간을 뛰어넘어 현재에 살지 않는 한, 행복하거나 강해질 수 없다. 신과 함께 살 때 인간의 목소리는 흐르는 시냇물 소리처럼, 옥수수 잎이 바람에 스치는 소리처럼 감미로워질 것이다.

살아 있다는 것이 쓸모가 있지.
살아 왔다는 것은 중요하지 않다.

선善이 당신 가까이 있을 때, 당신 자신 속에 생명을 간직하고 있을 때, 그 순간은 결코 누구나 알고 있거나, 늘 다니던 길에서 이루어진 것이 아니다. 당신은 이를 경험한 사람의 발자취도 찾아볼 수 없을 것이며, 얼굴도 볼 수 없고, 이름도 들을 수 없을 것이다. 그 길, 그 생각, 그 선善은 완전히 낯설고 새로운 것이다. 거기에는 어떤 선례도 경험도 없다.

두려움이나 희망도 마찬가지로 그 길 아래에 있다. 희망 속에서조차도 낮은 곳에 무엇인가가 있다.

깨달음의 순간에는 감사나 정당한 기쁨이라고 불릴 만한 것이 없다. 정욕을 넘어선 영혼은 모든 사물의 자기 정체성과 끝없는 인과관계를 수시하고, 진리와 성의가 스스로 존재하는 것을 깨달으며, 또 우주의 조화를 앎으로써 그 스스로 고요하다.

살아 있다는 것이 쓸모가 있지, 살아 왔다는 것은 중요하지 않다.

힘이란 쉬는 순간에 멎는다. 힘이란, 과거에서 새로운 상

태로 옮겨지는 순간에, 소용돌이 속으로 뛰어들고, 표적을
향해 화살이 날아가는 그 순간에 실린다.

세상은 영혼이 변화 과정에 있다는 이 한 가지 사실을
미워한다. 왜냐하면 그것이 과거를 영원히 훼손시키고, 모
든 부를 빈곤으로 만들고, 모든 명성을 치욕으로 만들고,
성자와 악한을 혼동하며, 예수와 유다를 똑같이 내치기 때
문이다.

우리는, 덕이란 지고한 것이며, 원칙을 잘 지키거나 쉽
게 빠져드는 그런 부류의 사람들이, 원칙을 지키지
않는 모든 도시, 국가, 국왕, 부자, 시인들을, 자연의 법칙
에 따라 제압하고 지배해야 한다는 것을 아직 알지 못한다.

모든 사물은 영원히 신성한 누군가에 귀착한다는 이 해
답은 모든 논점들의 경우에서처럼 우리들이 재빠르게 생각
해내는 궁극적인 사실이다. 스스로 존재하는 것에 '최고의
원인'이 있다고 생각하며, 그것이 하위의 형식에 어느 정도
기여하느냐에 따라서 선의 척도가 결정된다.

따라서 모든 사물의 실재는 그것에 내포된 덕이 어느 정

도인가에 달려 있다.

　이처럼 모든 사물은 하나로 집중된다. 따라서 쓸데없이
방황하지 말고 원인과 함께 집에 들어앉아 있어라. 다만 이
신성한 사실을 분명히 공표함으로써 때로 몰려다니며 훼방
을 놓는 사람들과 책, 그리고 제도를 놀라 자빠지게 하자.
　침입자들에게는 신발을 벗으라고 말해 주어라. 왜냐하면
신이 이 안에 함께 계시니 말이다. 우리들의 천진한 마음으
로 그들을 심판하게 하라. 그리고 우리 자신의 법에 순종하
는 마음으로 우리들의 타고난 풍요에 견주어 자연과 운명
이 얼마나 빈약한가를 보여주자.

우리는 혼자서 가야 한다. 참된 사회를 만들기 위해서
는 먼저 고립되어야 한다. 그 고립은 무의식적인 것
이 아니라 정신적인 것이어야 한다. 곧, 정신을 높이는 것
이어야 한다.
　때로는 세상 전체가 짜고 시시한 일로 우리를 귀찮게 구
는 것처럼 보이기도 한다. 때로는 친구나 고객, 아이들, 질

병, 공포, 결핍, 자선 등이 당신의 방문을 두드리면서 "우리 편이 되라"고 말한다. 그러나 그들이 흔든다고 넘어가지 말고 자신을 지켜라.

사람들이 나를 괴롭힐 수 있게 된 것은 나의 약한 호기심이 그들에게 힘을 주었기 때문이다. 내 행위를 통하지 않고 나에게 접근할 수 있는 사람은 없다.

나는 나 자신이 되어야 한다. 나는 이미 당신을 위해서 나 자신을 바꿀 수 없고 당신도 마찬가지다.

당신이 있는 그대로의 나를 사랑한다면, 우리는 서로 더 행복해질 수 있다. 만약 당신이 그렇게 하지 못한다고 할지라도, 나는 여전히 당신이 마땅히 그렇게 하도록 애쓸 것이다. 나는 좋고 싫음을 감추지 않을 것이다.

나는 내 마음 깊은 곳에 성스러운 것이 있다고 믿고 있다. 마음으로부터 나를 즐겁게 하는 것, 내 가슴이 명하는 것은 무엇이든지 하늘에 맹세코 힘차게 실행하겠다. 당신이 고결한 사람이라면 나는 그대를 존경할 것이고, 만약 그렇지 않더라도 나는 친절을 가장하여 당신과 나 자신의 감정을 상하게 하지 않을 것이다.

당신이 진실하긴 해도 그것이 나와 같은 부류의 진실이 아니라면 당신은 당신의 친구를 찾아라. 나는 나의 친구를 찾을 것이다. 이것은 이기적인 마음에서 하는 말이 아니라 겸허하고 진정한 마음에서 하는 말이다. 우리가 아무리 오랫동안 거짓 속에서 살아왔다고 해도 진실하게 살게 되면 그것은 당신이나 나에게 좋은 일이요, 또한 모든 사람에게도 이롭다. 오늘날 내 말을 가혹하다고 할 것인가?

그러나 머지 않아 당신은 나뿐만 아니라 당신의 본성이 이끄는 것을 사랑하게 될 것이다. 만약 우리가 그 진리를 따른다면, 그 진리는 마침내 우리를 안전하게 이끌어갈 것이다.

어쩌면 당신은 이 친구에게 고통을 줄지도 모른다. 그렇다. 그러나 당신의 감정을 상하지 않게 하기 위해 내 자유와 힘을 희생시킬 수는 없는 노릇이다.

누구에게나 절대적인 진리의 영역을 들여다볼 수 있는 이성이 번득이는 순간이 있다. 그때가 오면 내가 옳다는 것을 알게 될 것이고, 모두 나와 같은 행동을 하게 될 것이다.

보통 사람들이 가지고 있는 상식의 속성을 벗어 던지고, 스스로 최고 경영자가 되고자 하는 사람은 실로 자기 내부에 어떤 신적인 면을 지니고 있어야 한다. 고매한 마음과 신념에 찬 의지, 투철한 통찰력을 가져야 한다.

그러면 진지하게 자기 자신에 대해서 교리가 되고, 사회가 되고, 법이 되며, 자신에게는 간명한 목적이 남에게는 필연적인 철칙처럼 강력한 것이 된다.

인간의 원천을 밝혀줄 스토아 철학자들을 불러 사람들에게 다음과 같은 것을 가르쳐 주게 했으면 좋겠다.

사람이란 나무에 의지하고 있는 버들가지가 아니며, 홀로 설 수 있고 또 홀로 서야 하며, 자기에 대한 믿음을 실천함으로써 새로운 힘이 솟아나며, 신의 말씀을 육신으로 구현한 존재이며, 여러 민족의 갈등 해소에 기여하기 위해 태어났으며, 세상 사람들로부터 동정 받는 것을 부끄럽게 여겨야 한다는 것을.

또한 자신감을 갖고 법과 책, 우상, 습관 따위를 창 밖으로 내던져버리는 순간에, 우리는 그를 불쌍히 여기지 않고

고립은 무의식적인 것이 아니라
정신적인 것이어야 한다.

곧, 정신을 높이는 것이어야 한다.

오히려 감사하고 존경할 것이라는 것을.

이런 가르침을 주는 스승이야말로 인간의 영광된 삶을 되찾게 해주며, 인간의 이름을 모든 역사에 길이 남길 것이다.

특별한 편익, 다시 말하면 인류의 선과는 아무런 관계가 없는 것을 간청하는 기도는 사악하다.

기도라는 것은 가장 높은 견지에서 우리 삶의 진상을 성찰하는 것이다. 기도는 진리를 지켜보며 환호하는 영혼의 독백이며, 자신의 행위가 선하다고 선언하는 신의 정신이다.

그러나 어떤 사적인 목적을 이루기 위한 수단으로서의 기도는 천박한 것이며, 또한 도둑질하는 것이다. 이런 기도는 현실과 이상은 다르다는 이원론을 전제로 한 것으로 인간의 본성이나 의식과 일치하지 않는다.

신과 인간이 하나가 되는 순간, 인간은 구걸하지 않는다.

또 하나의 잘못된 기도는 회개하는 것이다. 불평 불만이란 자신감이 부족하고 의지가 박약할 때 나온다.

뉘우침으로써 고난에 빠진 사람을 도울 수 있다면 얼마든지 뉘우치리라. 그러나 그렇지 않다면, 너 자신의 일에 충실하라. 그러면 그 불행은 이미 보상된 것이나 다름없다.

인간의 동정도 마찬가지로 천박하다. 사람들은 어리석게도 눈물을 흘리는 사람을 찾아가 그를 위한답시고 곁에 앉아 같이 눈물이나 흘리고 있다. 그들에게 꾸밈없는 감동의 충격을 주는 진리와 건강한 정신을 불어넣어 다시 한번 자신의 이성에 귀를 기울이도록 해주지 않는 대신에 말이다.

행운의 비결은 우리 손안에 있다. 스스로 돕는 사람은 사람들이나 신에게 언제든지 환영받는다. 스스로 돕는 사람에게는 언제나 문이 활짝 열려 있고, 모든 사람이 환영의 말을 던지며, 모든 영예가 주어지고, 모든 사람들이 그를 부러움의 눈길로 바라본다.

그가 우리의 사랑을 바라지 않았기 때문에 우리의 사랑이 그를 찾아가 그를 끌어안는 것이다.

영혼은 나그네가 아니다. 현명한 사람은 항상 집에 머문다. 그가 필요나 의무에 의해 불가피하게 집을 떠나 낯선 땅에 머물러야 할 때도, 그의 마음은 언제나 집에 있을 때와 같다.

그의 얼굴이나 표정은, 그가 덕과 지혜의 전도사로서 여행을 하고 있으며, 밀무역자나 하인이 아니라 제왕처럼 도시와 사람을 순방한다는 것을 사람들로 하여금 느끼게 만든다.

여행은 어리석은 사람의 낙원이다.

여행을 한 번 해보면 그곳이 그곳이고 신기한 것이 별로 없다는 것을 알게 된다. 나는 집을 나서기 전에 나폴리나 로마쯤에서 그 아름다움에 도취되어 슬픔을 잊을 수 있을 것이라고 꿈꿨다.

그래서 여행 가방을 꾸리고 친구들과 작별 인사를 하고는 여행길에 오르는데, 결국 그 꿈은 나폴리에서 깨지고 만다.

내 곁에는 내가 피해서 온, 가차없고 변함없는 슬픈 자아라는 엄연한 사실이 여전히 따라다니고 있기 때문이다.

여행에 대한 갈망은 심각한 병적인 징후로 지적 활동 전체에 영향을 미친다. 지식인들이란 떠돌이이며, 보편적인 교육 시스템은 그 들뜬 마음을 조장한다. 우리들의 몸이 부득이 집에 머물러 있어야 할 때도 마음은 떠돌고 있다.

우리들은 모방한다. 하지만 그 모방이란 것이 마음의 여행이 아니고 무엇이겠는가?

예술이 번창한 곳이라면 어디든지 영혼은 예술을 창조한다.

예술가는 자신의 마음속에서 그의 모델을 찾는다. 찾아놓은 대상과 파악된 조건에 자기 자신의 생각을 적용한 것이다.

모방하지 말고 자기 자신의 생각을 주장하라. 그래야 자기의 천부적인 재능을 자기가 평생 닦아온 축적된 힘으로 매 순간 발휘할 수 있다.

나는 나 자신이 되어야 한다.

나는 이미 당신을 위해서 나 자신을 바꿀 수 없고
당신도 마찬가지다.

그러나 남에게 빌어온 재능은 나에게 임시로, 그것도 절반만 가질 수 있을 뿐이다.

사회는 결코 발전하지 않는다. 한쪽에서 무언가를 얻으면 다른 한쪽은 빠르게 물러난다. 그래서 사회는 끝없이 변하고 있다. 사회는 야만적이 되거나 문명화되며, 기독교화되거나, 부강해지고, 과학화된다.

그러나 이런 변화는 개선이 아니다. 버리는 게 있어야 얻는 게 있다. 사회가 새로운 교양을 얻으면 낡은 본능은 잃어버린다.

사회는 파도와 같다. 파도는 앞으로 움직이지만 그 파도를 이루던 물은 그렇지 않다. 같은 입자가 낮은 곳에서 높은 곳으로 솟아오르는 것이 아니다. 그 결합은 다만 표면적인 현상에 불과하다.

오늘 한 국가를 이루며 살던 사람들이라도 해가 바뀌면 죽는다. 그들의 경험도 그들과 함께 사라진다.

재산에 의지하거나 그를 지켜주는 정부에 의지하는 것은 모두 자신감이 결여된 결과이다.

인간은 오랜 세월에 걸쳐, 자기 자신을 등한시하고 외부의 사물에만 관심을 두었기 때문에 종교나 교육, 정치 제도를 재산 지킴이로 간주하여 왔다. 그래서 그들은 이런 기관과 제도를 공격하는 것을 재산에 대한 공격이라고 여기고 반대한다. 이런 사람들은 그 사람이 어떤 사람인가보다는 그가 무엇을 가졌는가에 의해서 사람을 평가한다.

그러나 교양인이라면 자신의 존재를 새롭고 소중하게 여기는 대신 자기의 재산에 대해서는 부끄럽게 여긴다. 특히 우연히, 곧 유산이나 증여, 혹은 범죄에 의해 형성된 재산은 더 싫어한다. 이런 경우에 그는 참된 소유가 아니라고 느낀다. 자기 것도 아니고, 자기가 가질 아무런 근거가 없다는 것이다. 다만 혁명이 일어나 압류하거나, 도둑이 훔쳐 가지 않았기 때문에 거기에 놓여 있는 것이라고 생각한다.

인간이 약해지는 것은 선善을 자기 밖에서 구하려고 하기 때문이라고 알고 있는 사람은 이를 깨닫는 순간 주저 없이 자신의 생각에 몰두하여 자기 자신을 바로 한 다음, 이 곧은 위치에 서서 당당히 손발을 움직여 기적을 이루어낸다.

이는 마치 제 발로 서는 사람이 머리를 땅에 대고 물구나무서는 사람보다 더 강한 것과 같은 이치다.

그러므로 운명이라 불리는 모든 것에 이렇게 대처하라. 대부분의 사람은 운명의 여신과 도박을 해서 여신의 수레바퀴가 어떻게 구르느냐에 따라 모두 얻거나 모두 잃는다. 때로는 전패한다.

그러나 승리를 했다고 하더라도 이는 부당한 것이므로 버리고, 신의 법관인 '원인'과 '결과'와 거래하라. 신의 뜻에 따라 일하고 구하라. 그러면 그대는 요행의 수레바퀴를 쇠사슬에 묶어 놓게 되는 것이므로 수레바퀴의 회전을 두려워할 것 없이 편안할 수 있다.

정치적 승리, 임대료의 인상, 병으로부터의 회복, 멀리 떠났던 친구의 귀환, 그밖에도 이런 반가운 일들이 당신의 용기를 북돋우고, 행운의 날들이 우리를 기다리고 있다고 생각한다. 그러나 이런 것을 믿어서는 안 된다.

당신에게 평화를 가져다 줄 수 있는 사람은 자기 자신뿐이다. 원리원칙에 의한 승리 말고는 당신에게 평화를 가져다 줄 수 있는 사람은 아무도 없다.

경험

Experience

.
.
.

생각만 하다가 자신을 망치지 말고, 어디에 가나 자기 일에 최선을 다해야 한다.

삶이란 지적인 것도 아니고, 비평적인 것도 아니다. 그것은 오직 강인한 것이다.

인생의 최대 행복은 자신이 찾아낸 것에 의문을 품지 않고 즐길 수 있는, 세상과 잘 어울려 살 수 있는 사람에게 주어진다.

우리는 살면서 스스로를
게으르다고 생각할 때가 많다.

그런데 가만히 돌이켜보면
실제로는 많은 일들이 이루어졌으며,
그중 자신이 벌인 일들이 꽤 많다는 것을 깨닫게 된다.

▼ ▲ ▼

우리는 어디서 우리 자신을 찾을 수 있을까? 우리는 일련의 상황 속에 있으면서 양극단을 알지 못하며, 또 양극단이 있다고 믿지도 않는다. 우리는 잠에서 깨어나 어떤 계단 위에 서 있는 자신을 발견하게 된다. 아래로는 우리가 딛고 올라왔다고 생각되는 계단이 있고, 또 위로는 그 끝이 보이지 않을 만큼 많은 계단이 뻗어 있다.

예로부터 전해오는 이야기에 따르면, 우리가 들어가는 문 앞에는 수호신이 지키고 서서, 우리가 어떤 말도 하지 못하도록 술을 마시게 하여 망각의 강에 빠지게 만든다고 한다. 너무나 독하게 배합된 이 술 때문에 우리는 해가 중천에 떴는데도 아직 취기에서 깨어나지 못하고 있는 것이다. 이 숙취는, 마치 대낮에도 어둠이 사라지지 않고 전나무 가지 주위에 맴돌고 있는 것처럼, 일생 동안 우리의 눈가에서 어른거리고 있다.

모든 사물은 흘러가며 어렴풋한 빛을 낸다. 위태로운 것은 우리의 생명이 아니라 우리의 지각이다. 우리는 유령처럼 소리 없이 자연 속으로 미끄러져 들어가고, 다시는 우리가 어디에 있는지를 알 수 없게 된다.

혹시 우리가 태어나던 그 순간, 자연이 순간적으로 가난과 절약이라는 변덕을 부린 것은 아닐까?

그리하여 자기가 가진 땅은 아낌없이 나누어주었으나 그의 불을 나누어주는 데에는 지나치게 인색했던 것은 아닐까? 그래서 우리에게는 긍정적인 원리가 부족하고, 건강과 이성은 가지고 있음에도 새로운 창조를 위해 필요한 뜨거운 정신은 없는 듯한 느낌이 드는 것은 아닐까?

우리는 자신의 삶을 유지하며 한 해를 그럭저럭 꾸려갈 만한 활력은 가지고 있지만, 다른 사람에게 나누어주거나 투자할 만큼은 아니다. 아, 우리의 수호신이 좀더 비범한 재주를 가지고 있었더라면!

우리는 마치 상류에 있는 공장들이 냇물을 모두 써버린 상황에서 개울의 하류에 물방앗간을 차리고 있는 사람과 같다. 그저 상류에 있는 사람들이 틀림없이 자신들의 냇둑을 높게 쌓았으리라고 상상할 뿐이다.

우리는 살면서 스스로 자신을 게으르다고 생각할 때가 있다. 그런데 가만히 돌이켜보면 실제로는 많은 일들이 이루어졌으며, 우리가 벌인 일들이 꽤 많다는 것을 알게 된다.

우리들의 하루하루가 아무 보람도 없이 지나갔다고 생각되지만, 이른바 지혜나 시, 또는 미덕 같은 것들을 자신이 언제 어디서 얻게 되었는지를 따져보면 참으로 놀라지 않을 수 없다.

이들은 달력에 있는 어떤 특정한 날에 터득한 것이 결코 아니다. 오시리스를 탄생시키기 위해 헤르메스가 달의 여신과 주사위 놀이를 하여 이겼을 때처럼, 우리가 모르는 길일閏日을 달력 어딘가에 끼워 넣은 것이 틀림없다.

우 리에게 주어진 시간의 대부분은 뭔가를 준비하거나,
그 뻔한 일과를 처리하거나, 지난날을 되돌아보는
데 쓰여지기 때문에 각 개인이 가진 천재성의 핵심은 불과
몇 시간 속에 압축되어 있다.

사 람들은 스스로 비탄에 빠져 신음하지만, 따지고 보
면 그들이 당한 역경은 그들이 떠들어대는 것에 크
게 미치지 못한다.
　사람들은 스스로 고민에 빠지고 싶은 기분이 들 때가 있
는데, 여기에는 적어도 이런 고민을 통해 진실과 진리의 첨
예한 정점을 찾고자 하는 바람이 담겨 있다.

인 간의 조건 가운데 가장 인색한 부분은, 우리가 무언
가를 움켜쥐려 하면 어느 틈에 우리의 손가락 사이
로 빠져나가 버리는, 이 소멸과 불명확함이다.

하나의 꿈은 또 다른 꿈으로 이어진다. 이 환상의 세계는 끝이 없다.

인생이란 한 줄에 꿰인 염주와 같은 마음으로 이루어진 하나의 연속인 것이다. 우리가 이들을 하나하나 통과하며 지나갈 때, 이들은 모두 각기 독특한 빛깔로 세상을 물들이고, 각기 자기의 초점 속에 들어오는 것만을 우리에게 보여주는 형형색색의 만화경 렌즈와 비슷하다는 사실을 알게 된다.

자연과 책은 그것을 볼 줄 아는 안목을 가진 사람의 것이다. 지는 해를 바라볼 것인지 좋은 시를 읽을 것인지는 사람들의 기분에 달려 있다. 일몰은 언제나 볼 수 있으며, 타고난 재주도 언제나 존재한다.

그러나 우리가 진정으로 자연이나 작품을 즐길 수 있는 것은 단지 조용한 몇 시간에 지나지 않는다. 그 시간의 많고 적음은 오로지 자신의 성격과 기질에 달려 있다.

냉정하고 모자라는 마음을 가진 자에게 부와 재능이 도대체 무슨 소용이 있을까?

성격이 지나치게 볼록하거나 오목한 렌즈로 되어 있어서 인생의 현실적인 지평에서 적절한 초점 거리를 찾아낼 수 없다면 천부적인 재능인들 무슨 소용이 있을까?

우리는 새로운 세계를 선보이겠다며 큰소리치는 젊은 사람들을 볼 수 있다. 그러나 그들은 결코 자신의 약속을 지키지 못한다. 그들은 대개 요절하거나, 핑계를 대며 얼버무리거나 또는 살아남더라도 군중 속에 묻혀 자기 자신을 잃어버리고 만다.

기질이라는 것은 다른 사람이 자기 이외의 다른 사람을 칭찬하는 것을 기꺼이 받아들일 수 없게 만드는 하나의 힘이다.

우리는 유령처럼 소리 없이
자연 속으로 미끄러져 들어가고,

다시는 우리가 어디에 있는지를
알 수 없게 된다.

정신적이라는 말의 정의는 '그 스스로 증명이 될 수밖에 없는 것'이어야만 한다.

기질이란 인간의 체질 안에서 거부하거나 혹은 제한하는 힘으로, 그 체질 안에서 과도한 역반응을 견제하는 데 사용하는 것이 가장 적절하다.

그러나 사람들은 어리석게도 이것을 본질적인 평등을 막는 장애물로 이용하고 있다.

생각해보건대, 우리는 요즘 비평의 무용함에 대해 충분한 교훈을 얻었다고 본다.

우리의 젊은 사람들이 노동이나 개혁에 관해 많은 생각을 하고 또 많은 글을 발표해 왔다. 그러나 그들이 쓴 것에 견주어, 세상이나 그들 자신은 한 걸음도 더 나아가지 못했다.

삶에 대한 지적인 음미가 육체적인 활동을 대신할 수는 없는 노릇이다. 만약 어떤 사람이 한 조각의 빵이 목구멍으로 넘어갈 때의 그 미묘한 느낌에 대해 숙고한다면, 그는 굶어죽고 말 것이다.

어떤 생활방식이나 행동양식에도 반론은 있게 마련이다. 따라서 도처에 편재해 있는 반론으로부터 하나의 결론, 곧 무관심을 추론해 내는 것이 가장 현실적인 지혜다.

사물들의 모든 구조는 무관심할 것을 설파하고 있다. 생각하다가 자신을 망치지 말고, 어디에 가나 자기 일에 최선을 다해야 한다. 삶이란 지적인 것도 아니고, 비평적인 것도 아니다. 그것은 오직 강인한 것이다.

인생의 최대 행복은 자신이 찾아낸 것을 질문하지 않고 즐길 수 있는, 세상과 잘 어울려 살 수 있는 사람에게 주어진다.

자연은 한눈파는 것을 싫어한다.

그러므로 세상의 어머니들이 아이들에게 "얘들아, 잠자코 밥이나 먹어라. 먹을 때 잡담하는 게 아니다."하고 타이르는 것은 다름 아닌 자연의 참뜻을 말하고 있는 것이다.

눈앞에 다가온 시간을 채우는 것, 이것이 행복인 것이다. 이를테면 후회하거나 받아들이거나 하는 여지도 남기지 않고 그때그때 닥쳐온 시간을 채우는 것, 그것이 행복이다.

지금 이 순간을 잘 마무리하고, 길 위에 놓는 한 걸음 한 걸음에서 여행의 목적을 발견하고, 될 수 있으면 유익한 시간을 많이 갖는 것, 이것이야말로 진정한 지혜다.

마음의 안정을 찾아라. 슬기롭게 오늘을 우리 자신의 것으로 만들어라. 남자든 여자든 구분 없이 잘 대해 주어라. 또한 그들을 진실한 인간으로 대하라.

그러면 정말로 진실한 인간이 될 것이다.

사람들은 자신의 환상 속에서 산다. 마치 보람 있는 일을 하기에는 너무 허약하고 떨리는 손을 가진 술주정뱅이처럼, 삶이란 환상의 대소동이다.

여기에 마음의 안정을 이룰 수 있는, 내가 아는 유일한 길은, 오직 현재라는 시간을 소중히 여기는 것이다. 허식과 정치의 소용돌이 한복판에 서 있어도, 조금의 의심도 없이, 나 자신을 안정시키며, 신조를 더욱 더 굳건히 하고 있다.

이런 동요되지 않는 나의 신조란, 어떤 일을 뒤로 미루거나 남을 탓하거나 막연한 희망을 갖는 일이 없이, 우리가 어디에 있든 누구와 사귀든 폭넓게 정의를 행하고, 비록 그것이 아무리 비천하고 추할지라도 지금의 친구와 환경을 우주가 우리에게 위임시킨 신비의 사자使者로 받아들이는 믿음을 말한다.

훌륭한 젊은이들은 인생을 경멸한다. 그러나 나처럼 소화불량에 걸릴 염려도 없이 하루란 건전하고 알찬 행복 그 자체라고 여기며 지내는 사람들에게는 냉소적인 표정을 짓거나 친구를 위해 우는 따위의 행위는 지나친 친절이라고 밖에 생각되지 않는다.

나는 남들의 동정을 받으면 다소 절실해지거나 감상적인 기분이 들기도 하지만, 나는 차라리 혼자 남겨져 있을 때, 그 순간이 나에게 가져다주는 모든 것, 말하자면 평범한 날의 소박한 밥상도 마치 정다운 환담이 오가는 근사한 식당에서의 식사처럼 마음으로부터 즐길 수 있는 것이다.

나는 아주 작은 은혜라도 진심으로 감사한다.

나는 이 우주 속에 있는 모든 것에 기대를 걸고 있는 한 친구와 의견을 나누다가 그가 모든 면에서 최고가 되지 못하면 곧 실망해 버리고 마는 사람이라는 것을 알게 되었다.

그러나 나는 그와 정반대로 처음에는 아무 것도 기대하지 않다가 결국 작은 행복에도 항상 감사한 마음으로 충만해진다.

나는 나와 상반된 경험을 가진 사람들이 시끄럽게 떠들고 소란을 피우더라도 그것을 받아들인다. 또한 주정뱅이나 성가신 사람일지라도 나에게 도움이 되는 무엇이 있다고 생각한다.

그들은 자기의 주변에 있는 상황에 대해서, 유성이 나타났다 사라지는 것이 없어서는 안 될 현상이듯이, 일종의 현실성을 부여해 주는 것이다.

아침에 일어나면 내 곁에 있는 것은 변함없는 세상, 아내, 아이들, 어머니, 콩코드와 보스턴, 변함없이 그리운 정신세계 등이다. 그다지 멀지 않은 곳에 있는 낯익은 악마도 눈에 띈다. 만약 우리가 행복이라는 것을 눈에 띄는 대로, 아무런 의심도 하지 않고 모두 모으면 꽤 많이 쌓일 것이다.

위대한 선물은 분석에 의해서 얻어지는 것이 아니다. 모든 행복은 삶이라는 큰 길 위에 놓여 있다. 우리들의 삶의 중심부는 온대 지대이다. 우리는 공기가 희박하고 한랭한 순수 기하학과 무생물학의 세계에로 걸어 올라갈 수도 있으며, 깊은 감각의 영역으로 내려갈 수도 있다.

이 양극단 사이에 인생과 사상과 정신과 시의 적도가 있다. 아주 좁은 지대이다. 게다가 일반적인 경험 면에서도 모든 행복은 삶이라는 큰 길 위에 있다.

상상력이란 인디언들이나 덫 사냥꾼 또는 양봉가들의 목공예품을 즐기는 것에 불과하다. 우리는 이방인이며, 따라서 미개인이나 들짐승, 새들처럼 이 지구라는 천체에 대해서 아직 충분히 익숙하지 않다는 느낌이 들 때가 종종 있다.

그러나 지구에서 소외당하기는 다른 짐승들도 예외는 아

인생의 최대 행복은
자신이 찾아낸 것을 질문하지 않고 즐길 수 있는,

세상과 잘 어울려 살 수 있는 사람에게 주어진다.

니다. 그들은 기어오르고 하늘을 날고, 때로는 활주하고 깃털장식을 달고, 네 발로 걷기도 하는 일종의 인간인 것이다. 여우나 우드척, 매, 도요새, 알락 해오라기도 가까이 가서 보면 인간과 마찬가지로 심층의 세계에 깊이 뿌리내리지 못하고 있는, 지구 표면에 사는 거주자에 지나지 않는다.

중간 세계야말로 최선의 것이다. 우리가 알고 있듯이 자연은 성자가 아니다. 교회의 지도자나 금욕주의자 또는 힌두교도와 인디언들에게 자연은 특별한 혜택을 베풀지 않는다. 자연은 먹고 마시고 죄를 지으면서 다가온다.

자연의 총아라고 할 위대한 인물, 강한 사람, 아름다운 사람은 우리 인간의 법칙의 산물이 아니다. 그들은 주일 학교 출신도 아니고, 자신이 먹는 음식의 중량을 달지도 않고, 계율을 엄격히 지키지도 않는다.

만약 우리가 자연의 힘을 받아 강한 사람이 되려면, 우선 다른 나라 사람의 양심에서 빌어온, 서글픈 양심 같은 것을, 아예 가슴속에 간직해서는 안 된다.

여러분이 예술가나 웅변가 또는 시인들의 삶을 실제로 보면 그들의 생활이 기술자나 농부보다 더 나을 것도 없다.

그들 스스로 불균형의 희생물이 되어 있으며, 그 모습도 볼이 깊게 패이고 매우 초췌하다. 따라서 여러분들이 그들이야말로 인생의 패배자이며, 영웅이 아니라 사기꾼이라고 단정하고, 이런 예술이란 것이 인간을 위한 것이 아니라 오히려 질병에 지나지 않는다고 결론을 내는 것도 큰 무리는 아니다.

그러나 자연이 언제까지나 여러분의 이런 견해를 입증하지 않을 것이다. 압도적인 자연은 그런 인간을 만들어 놓았고, 또한 매일같이 무수한 사람들이 그렇게 만들어가고 있는 것이다.

신은 인간을 매일같이 고립시켜 놓고, 우리의 과거와 미래를 감추기를 좋아한다.

우리는 우리의 주변을 둘러보고 싶어한다. 그러나 신은 장엄한 친절을 베풀어 우리의 앞에는 가장 순수한 하늘이

라는 꿰뚫어볼 수 없는 하나의 막을 드리워 놓고, 우리들의
뒤에도 역시 같은 깨끗한 하늘이라는 한 장의 막을 쳐 놓고
있다.

"그대는 과거를 기억해 내지 못하며, 미래 또한 예측할
수 없을 것이다."라고 말하는 듯하다.

사람은 누구나 태어날 때까지는 하나의 불가능한 존재
다. 모든 일도 우리가 그 성공을 확인할 때까지는 불
가능한 것이다.

신앙에 대한 열정도 결국 우리 것이나 우리가 할 일이라
고는 아무 것도 없으며, 모든 것은 신에게 속한다는 점에서
가장 냉담한 회의주의와 일치한다. 자연은 월계관의 가장
작은 이파리 하나도 우리의 것으로 남겨주지 않을 것이다.

모든 글쓰기는 신의 은총에 의해 이루어지는 것이고, 모
든 행위나 소유 또한 마찬가지다. 나는 흔쾌히 도덕적인 사
람이 되어, 내가 진심으로 아끼는 정당한 한계와 경계를 지
키며, 대부분의 일을 인간의 의지에 맡기고 싶었다.

그러나 이 글에서 내가 느낀 것을 정직하게 그대로 옮겨

놓으면, 성공하든 실패하든, 결국 내가 볼 수 있는 것은 영원한 존재로부터 공급받은 얼마간의 생명력밖에는 없다는 것이다.

인생의 결과는 미리 예측하거나 미리 계산할 수 없다. 며칠 동안에는 결코 깨닫지 못하는 많은 일들을 우리는 몇 해에 걸친 경험으로 알 수 있다. 우리는 친구로 지내는 사람들과 격의 없이 대화를 하고, 서로 오가며 많은 일들을 계획하고 수행해 나간다. 이런 과정 속에서 어떤 일들이 이루어지는데, 전혀 예기치 않은 결과가 나타나기도 한다.

개인은 누구나 실수를 한다. 그는 많은 일을 계획하고 다른 사람들을 보조원으로 끌어들이기도 하며, 사람들과 말다툼을 벌이고, 터무니없는 실수를 하기도 한다. 그리고 이를 통해서 그 무언가가 이루어진다.

모든 것은 조금씩 진보하지만 개인은 항상 잘못 판단한다. 늘 새로운 그 무엇이 등장하지만 그것이 자기 자신에게 약속하고 기대했던 결과는 아니다.

당신은 어린 고양이가 자기의 꼬리를 쫓아 맴도는 귀여운 모습을 본 적이 있는가? 만약 우리가 그 고양이의 눈으로 볼 수 있다면, 아마 그 고양이의 주변에는 복잡한 드라마를 펼쳐 보이는 수많은 군상들이 둘러싸고 있다는 사실을 알게 될 것이다.

그 드라마 속에는 비극적인 것, 희극적인 것 등이 마구 뒤섞여 있으며, 긴 대화, 수많은 등장인물, 그리고 엎치락뒤치락하는 운명을 그린 이야기들이 담겨 있을 것이다. 한편으로는 이 모든 것이 한 마리의 고양이와 그의 꼬리에 불과하지만 말이다.

보상

Compensation

.
.
.

현명한 사람은 자기의 몸을 오히려 적의 손에 맡긴다.
그렇게 하면 자신의 약점은 적에게 이익이 되기보다는
자신에게 더 이익이 된다.

적에게 입은 상처는 언젠가는 아물고 딱지가 되어 쉽게
떨어진다. 그러나 적군은 여전히 승리의 기쁨에 빠져 있
다. 보아라, 그는 이제 그 상처로 인해 불사신이 되었다.

비밀이란 결국 밝혀진다.

죄를 지으면 벌을 받고,
선행을 하면 그에 따른 보상을 받으며,
모든 잘못은 바로잡힌다.

모든 행위는 조용하지만 확실하게
스스로 보상받는다.

▽▲▽

나는 소년 시절부터 줄곧 '보상補償'이라는 주제로 한 편의 글을 쓰고 싶었다. 아주 어린 내가 느끼기에, 이 문제에 관해서는 사람들이 실생활에서 체험하는 것이 신학의 이론보다 앞서 있었으며, 설교하는 사람이 늘어놓는 말보다 일반 대중들이 더 많은 것을 알고 있는 것처럼 보였기 때문이다.

나는 최근에 교회에서 어떤 설교를 듣다가 이런 나의 어릴 적 바람에 대해 확신을 갖게 되었다. 그 설교자는 정통파 교리를 추종하던 사람이었는데, 늘 하던 방식대로 최후의 심판에 관한 교리를 펼쳤다.

그는 심판이란 이 세상에서 이루어지는 것이 아니며, 나쁜 사람은 성공하고 착한 사람은 비참해진다고 설교했다. 이성적으로 판단하든 성서에 기대든, 보상은 다음 세상에 가서 양쪽 모두에게 내려질 것이라고 그는 주장했다.

그렇다면 이 설교는 대체 무엇을 말하고자 한 것일까? 착한 사람이 현재의 삶에서 오히려 비참해진다고 말한 그 설교자의 뜻은 도대체 무엇일까?

집과 땅과 회사와 술과 말과 옷과 호사, 이 모든 것을 부도덕한 자들에게 돌리고, 성자에게 주어진 것은 가난과 멸시뿐이라는 말일까? 그리고 다음 세상에 부도덕한 자들에게 주었던 것과 같은 기쁨 — 곧 은행 주권, 금화, 사슴고기, 샴페인 따위를 성자에게 주어서 보상한다는 뜻일까?

이것이 바로 그가 말하고자 했던 보상일 것이다. 그렇지 않다면 뭐란 말인가? 아니면 성자는 신에게 기도하고, 신을 찬미할 특권이라도 주어졌다는 말인가? 인류를 사랑하고, 봉사하라는? 왜, 그런 거라면 그들은 지금도 할 수 있다.

그 설교를 들은 신자들이 내릴 수 있는 올바른 결론은 이런 것이다. "우리는 오늘날 죄인들이 지금 세상에서 누리고 있는 것과 같은 향락을 다음 세상에 가서 향유하게 된다."

혹은 좀더 극단적으로 말한다면, "당신들은 지금 죄를 짓고 있다. 우리도 얼마 안 있으면 당신들처럼 죄를 짓게 될 것이다. 가능하면 지금 당장에 죄를 짓고 싶지만 그것이 뜻대로 잘 되지 않으므로 우리는 그 보복을 내일로 미룬다."와 같은 뜻이 될 것이다.

이 견해의 오류는 나쁜 사람은 성공할 수 있지만, 정의는 지금 실현되지 못한다는 생각에 지나치게 얽매여 있다는 데에서 비롯된다.

이 설교자가 보지 못한 점은, 진리로써 세상과 맞서 그 악을 꾸짖지 않고, 또 영혼의 존재와 의지를 전능함을 선언하여 선과 악, 성공과 허위에 관한 기준을 세우지 않고, 당당한 성공의 요소를 하찮은 시장가치로 평가절하해 버린 데에 있다.

양극성 또는 작용과 반작용은 자연계의 곳곳에서 볼 수 있다. 빛과 어둠, 차가움과 뜨거움, 밀물과 썰물, 남성과 여성, 동식물의 들숨과 날숨, 심장의 수축과 팽창 같은 현상이 그 예이다. 사물들의 완전한 시스템은 아주 작은 입자에도 그대로 나타난다.

이와 같은 이원론은 인간의 본성과 조건의 바탕을 이루고 있다. 모든 지나침은 모자람을 부르고, 모든 모자람은 지나침의 원인이 된다. 단맛에는 반드시 쓴맛이 있으며, 악에는 선이 들어 있다. 쾌락의 향유자로서의 인간의 모든 능력은 그것을 남용함으로써 그에 걸맞는 대가를 치른다. 무병장수는 그 능력을 절제함으로써 받는 보상이다.

모든 지혜의 낱알은 반드시 하나의 어리석음의 씨앗에서 싹튼다. 잃는 것이 있어야 얻는 것도 있으며, 얻는 것이 있으면 잃는 것도 있다.

농부는 지위와 권력을 대단히 훌륭한 것이라고 생각한다. 그러나 대통령은 자신의 관저에 들어가기 위해 많은 대가를 지불해야 했다.

대통령이 되기 위해서는 마음의 모든 평화와 자신의 가장 뛰어난 자질들을 거침없이 희생해야 하는 것이 하나의 통례로 되어 있다. 짧은 시간 동안 지속적으로 세상 사람들 앞에서 자신을 과시하기 위해, 그의 배후에 자리잡고 있는 실제의 주인공들의 면전에서 서슴없이 먼지를 들이마시기도 한다.

　　이 법칙에 의해 국가와 도시에 관한 법칙들이 만들어진다. 이를 어기고 무언가를 건설하거나 계획하거나 또는 합병한다는 것은 부질없는 일이다. 사물은 언제나 부당하게 취급당하는 것을 거부한다.

　　비록 새롭게 등장한 해악을 억제하는 힘이 눈에 보이지는 않을지라도, 그 힘은 실재하며, 언젠가는 반드시 나타날 것이다.

　　만일 정부가 학정을 하면 위정자의 생명은 위태로워진다. 과세가 터무니없이 높으면 세입은 오르지 않을 것이다. 형법을 지나치게 가혹하게 적용하면 배심원들은 유죄 판결을 내리지 못할 것이다. 전제적이지 않고, 강제적이지만 않다면, 사람들은 견딜 것이다.

인간의 참된 생활과 만족은, 지나치게 가혹하거나 더할 나위 없이 행복한 경우를 피하고, 어떤 상황이나 환경 속에서도 태연하게 마음의 안정을 찾는 데에 있다고 생각한다.

이런 현상은 우주가 그 작은 미립자 하나에 표현되어 있다는 사실을 말해주고 있다. 자연계의 모든 사물에는 자연의 모든 힘이 담겨 있다. 모든 사물은 그 속에 감춰진 하나의 재질로 만들어져 있다.

이를테면 생물학자들이 모든 생물들의 다양한 변형 속에서 하나의 원형을 찾아내는 것처럼 말이다. 온갖 새로운 형체는 각기 그 원형의 주요한 특징을 되풀이할 뿐만 아니라 모든 세밀한 부분은 부분끼리, 온갖 목적, 촉진과 장애, 활력 그리고 그 밖의 모든 조직까지 서로 반복하게 되어 있다.

장사나 기술, 거래 같은 모든 직업은 각기 한 세계의 축소판이며, 서로 연관되어 있다. 그 한 사람 한 사람이 모두 인생의 길흉, 그 시련, 그 적들, 그 과정과 종말을 나타내는 완전한 징표이다.

그러므로 모든 사람들은 각자가 어떻게 해서든지 완전한

인간에 순응해야 하며, 자신의 운명을 받아들여야 한다.

이와 같이 우주는 살아 있다. 모든 사물에는 그들이 가야
할 길이 있다.

우리의 안에서는 하나의 감정에 속하는 영혼도, 밖으로
드러나면 하나의 법이 된다. 우리는 안으로 그 영감을 느끼
고, 밖으로는 역사를 통해서 그 결정적인 힘을 볼 수 있다.
그것은 절대적인 힘을 가지고 있으며, 모든 자연은 그 통제
력 안에 있다. 그것은 영원하지만 시간과 공간 속에서 스스
로 법률을 만든다. 정의의 심판은 결코 뒤로 미뤄지는 법이
없다.

인생이란 완벽한 형평에 의해 균형을 이룬다. 신의 수사
위에는 한쪽에 납이 박혀 있어 늘 같은 결과가 나온다. 세
계는 구구단이나 방정식과 같아서 이를 당신이 어떻게 바
꾸어 놓더라도 스스로 균형을 잡는다.

비밀이란 결국 밝혀진다. 죄를 지으면 벌을 받고, 선행
을 하면 그에 따른 보상을 받으며, 모든 잘못은 시정

된다. 조용하고 확실하게 모든 행위는 스스로 보상받는다.

　어떤 죄인에게는 그에 대한 형벌이 범행이 일어난 지 한참 뒤에 가해지는 경우도 있지만, 범죄에는 형벌이 늘 붙어다니기 때문에 벌을 면할 수 있는 방도는 없다. 죄와 벌은 같은 줄기에서 자란다. 벌은 죄가 숨겨 놓은 쾌락의 꽃 속에서 의심받지 않고 무르익은 열매다.

　원인과 결과, 수단과 목적, 씨앗과 열매는 서로 분리할수 없다. 결과는 이미 원인 속에서 꽃피기 시작했고, 목적은 수단 속에, 열매는 씨앗 속에 이미 들어 있기 때문이다.

　이처럼 세계는 흩어지지 않고 하나가 되기를 바라는데, 우리 인간만은 제각각 움직이며, 서로 흩어지고, 자기 것으로 만들어 혼자만 쓰려고 한다.

　예를 들면 쾌락을 즐기기 위해 인성에 필요한 여러 감각중에 즐거움을 주는 감각만을 따로 떼어내려고 한다. 인간의 기발한 재능은 오직 이 한 가지 문제를 해결하는 데 기울여져 왔다.

　곧 어떻게 하면 말초적인 즐거움, 말초적인 힘, 말초적

인간의 참된 생활과 만족은,
지나치게 가혹하거나 더할 나위 없이 행복한 경우를 피하고,

어떤 상황이나 환경 속에서도 태연하게
마음의 안정을 찾는 데에 있다고 생각한다.

인 아름다움을 그 이면에 있는 정신적인 기쁨, 정신적인 깊이, 정신적인 아름다움에서 분리시켜내느냐 하는 것이 문제였다.

다시 말해서 어떻게 하면 외부에 드러나는 표면을 얇게 완전히 떼어내어 밑바닥이 전혀 없도록 만드느냐 하는 문제, 다시 말해서 한쪽 끝이 없도록 잘라내느냐 하는 문제였다.

영혼이 '먹어라'하고 말하면 육체는 아예 잔칫상을 차린다. '남자와 여자는 영혼과 육체가 다같이 일치되어야 한다.'고 명령을 내리면, 육체는 오직 육체만의 결합을 꾀하려 한다.

그리고 영혼이 '덕을 지향하며 모든 사물을 다스려라.'하고 말하면 육체는 오직 지배라는 그 자체의 목적만을 위해 사물을 다스리려 한다.

인 생에는 피할 수 없는 여러 가지 조건이 있다. 어리석은 사람은 그것을 피해 보려고 애쓰고, 또 어떤 사람들은 자신은 모르는 일이거나, 자신과 관계없는 일이라며 큰소리를 친다.

그러나 그의 허풍은 입 밖에서 사라지지만, 그의 삶의 조건은 자신의 영혼에서 떠나지 않는다. 설령 그 하나를 어쩌다 피했다 치더라도, 또 다른 더 치명적인 공격이 뒤따른다.

그가 만일 형식적으로나 겉모양으로 삶의 불가피한 조건을 벗어났다면, 그것은 사실상 자신의 생명에 저항하고 자기 자신으로부터 도피한 것이므로 그 답례는 바로 죽음이다.

누군가에게 옳지 못한 일로 고통을 주면 당신도 반드시 그만한 고통을 받는다. "아무리 사소한 자만심이라도 자신에게 반드시 그만한 피해를 준다."고 버크는 말했다. 사람들과 친분을 나누는 데 배타적인 사람은 저 혼자만 즐거움을 누리려다 오히려 자기 자신을 더 소외시킨다는 사실을 모른다.

종교적인 배타주의자는 다른 사람들이 천국에 들어가지 못하도록 방해를 하다 결국에는 자신이 들어갈 천국의 문도 닫는다는 것을 잊고 있다.

우 리의 사회적 관계에서 사랑과 평등에 어긋나는 모든 행위는 지체없이 처벌을 받는다. 그것은 두려움이라는 벌이다. 내가 다른 사람과 깨끗한 관계를 유지하는 한 그를 만나면서 결코 불쾌하다는 느낌을 갖지 않는다.

사 회의 모든 낡고 고질적인 악습이나 부당하게 재산과 권력에 욕심을 내는 일은, 그것이 보편적이든 특수한 경우이든 간에, 그 모든 것이 하나같이 똑같은 방법으로 복수를 당한다. 두려움이란 위대한 지혜를 가진 교사이며, 모든 혁명의 전령사다.

세 상일에 경험이 많은 사람이라면 세상을 살면서 응분의 대가를 치르는 것이 더없이 훌륭한 일이며, 하찮은 것을 아끼려다 오히려 더 큰 손해를 본다는 것을 잘 알고 있다.

　채무자란 결국 자신에게 빚을 지는 것이다. 백 가지의 은혜를 입으면서 한 가지의 은혜도 갚지 않는 사람은 과연 어떤 이득을 보는 것일까?

　"남에게 물건을 거저 얻는 것보다 더 값비싼 것은 없다."는 교훈을 잊지 말아야 한다. 현명한 사람은 이 교훈을 인생의 모든 일에 확대하여 적용한다.

　자신의 권리를 주장하는 사람을 항상 떳떳이 대면하고, 그들이 쏟은 시간과 능력과 정성에 합당한 값을 지불하는 것이 마땅한 도리라고 생각한다.

　착한 사람은 자신의 약점이나 결점에 대해서까지 도움을 받는다. 사람들은 누구나 자기의 사소한 자만심 때문에 스스로 피해를 입듯이, 누구나 자기의 결점으로 인해 어디에서든 도움을 받아야 한다.

　이솝우화에 나오는 수사슴은 뿔을 자랑스럽게 여기고 야

윈 다리는 싫어했지만, 사냥개로부터 쫓길 때에는 그 다리 때문에 살았고, 그 뒤에는 오히려 그 뿔이 나뭇가지에 걸려 죽었다. 누구나 일생을 통해 자기의 결점에 감사해야 할 때가 있다.

만일 사회생활을 하는 데 장해가 되는 기질상의 결점이 있다면 어떻게 해야 하나?

하지만 그 결점 때문에 혼자서 자신을 즐기게 되고, 결국 자족하는 습관을 갖게 된다. 그리하여 상처 입는 조개처럼, 자신의 껍질 속에 진주를 품게 되는 것이다.

사람의 힘은 자신의 약점에서 나온다. 알 수 없는 힘으로 스스로 무장하고 있는 분노가 일어나려면 우리는 누군가로부터 바늘에 찔리고 쑤시는 극심한 공격을 받아야만 한다.

위대한 사람은 언제나 자진해서 힘들고 험한 일을 한다. 편안한 방석 위에 앉아 있으면 저절로 잠이 들게 된다. 자극을 받고, 고통을 겪고, 패배를 당할 때, 사람들은 비로소 무엇인가를 배우게 된다. 그는 자신의 기지와 용기를 발휘하고, 현실을 직시하고, 자신의 무지를 깨닫는다. 그리고 자만의 망상에서 깨어나, 중용과 참된 능력을 얻는다.

현명한 사람은 자기의 몸을 오히려 적의 손에 맡긴다. 그러면 자신의 약점을 발견하는 것은 적에게 이익이 되기보다는 자신에게 이익이 된다. 적에게 입은 상처는 이미 아물고 딱지가 되어 쉽게 떨어지고 만다.

그리하여 적군이 승리의 기쁨에 빠져 있을 무렵이면, 보아라, 그는 이제 불사신이 되어 있는 것이다.

비난은 칭찬보다 안전하다.

나는 언론의 지지를 받는 것을 싫어한다. 나에 대한 말들이 하나같이 내게 불리한 내용을 담고 있으면, 나는 무언가 성공할 수 있다는 확신이 든다. 그러나 반대로 입에 발린 달콤한 칭찬의 언사를 늘어놓을 때면, 나는 적 앞에서 아무 방책도 없이 누워 있는 사람처럼 느껴진다.

대개 어떤 해악이라도 우리가 거기에 굴복하지 않는 한

덕을 행할 때 나는 온전하게 실재하며,
덕을 행할 때 나는 이 세상에 무엇인가를 보탠다.

나는 '혼돈'과 '없음'을 뽑아내고 남은 사막에 나무를 심고,
지평선 너머로 사라져 가는 어둠을 본다

모두 우리의 은인이다. 샌드위치 섬의 원주민들이 자신들의 손으로 죽인 적의 힘과 용기가 곧 자신들에게로 옮겨온다고 믿는 것처럼 우리도 우리가 저항하고 있는 유혹으로부터 오히려 힘을 얻는다.

덕을 행할 때 나는 온전하게 실재하며, 덕을 행할 때 나는 이 세상에 무엇인가를 보탠다. 나는 '혼돈'과 '없음'을 뽑아내고 남은 사막에 나무를 심고, 지평선 너머로 사라져 가는 어둠을 본다.

나는 더 이상 내가 일을 해서 벌지 않은 이득, 예를 들면, 땅에 묻힌 황금 단지를 발견하는 일 따위의 요행을 바라지 않는다. 거기에는 반드시 새로운 책임이 뒤따른다는 것을 알기 때문이다.

나는 더 이상의 형식적인 이득, 곧 부나 명예, 권력, 인물도 바라지 않는다. 그 이득은 실속이 없지만, 의무는 확실하다. 하지만 보상의 섭리는 엄연히 존재하며, 땅을 파

서 보물을 찾으려는 것은 결코 바람직하지 않다는 지식에
는 아무런 의무도 없다. 이 점에서 나는 티없이 맑은 영원
의 평화를 만끽한다.

나는 될 수 있으면 골칫거리를 만들고 싶지 않다. 따라서
나는 프랑스의 성직자인 성 버나드의 "나 자신 말고는 그
어떤 것도 나를 방해하지 못한다. 내가 받는 해악은 내가
지니고 있는 바로 그것이며, 내 자신의 실수가 아니면 나는
진정한 의미에서 결코 피해자가 될 수 없다."는 지혜의 교
훈을 배운다.

자연재해의 역사도 또한 마찬가지다. 이따금씩 인간의
번영을 파괴하는 변화는 자연이 성장의 법칙을 따르
고 있음을 알리는 것이다.

모든 영혼은 이런 본질적인 필요에 따라 그가 가진 모든
시스템, 곧 친구와 가정, 법률, 그리고 신앙까지 내버리게
된다. 마치 갑각류의 동물이 더 이상 자신의 성장에 도움이
되지 않는, 아름답지만 딱딱하게 굳은 자신의 옛집을 느릿
느릿 기어 나와, 서서히 새 집을 만드는 것처럼.

이러한 혁명은 개인이 가진 활력에 따라 차이가 있지만, 뛰어난 정신을 가진 사람에게 혁명은 더 빈번하게 일어난다. 그리하여 모든 세속적인 관계에 얽매이지 않는, 말하자면 삶의 모습을 빤히 들여다볼 수 있는 투명한 액체로 된 얇은 막으로 변하게 된다.

그것은 대부분의 사람들이 그런 것처럼 아무런 개성도 가지지 못한 채 많은 날들을 보내며 이루어진 잡다한 직물 조직과는 확연히 다르다.

따라서 식견이 점차 넓어져, 오늘의 모습에서 어제의 그의 모습을 찾아보기조차 지극히 어려워진다. 따라서 결국 인간의 외견상 일대기도 마땅히, 그가 날마다 옷을 갈아입듯이, 날마다 답답한 환경을 벗어 던질 수 있어야 할 것이다.

그러나 우리는, 우리가 처한 상황에서 벗어나려 하지 않고 정체되어 있으며, 신성한 변화에 협력하지 않고 도리어 저항을 일삼고 있으므로, 이와 같은 성장이 하나의 큰 충격으로 다가오는 것이다.

우 리는 우리의 친구들과 헤어지지 못한다. 우리는 우
리의 수호천사들이 떠나가게 내버려두지도 못한다.
대천사를 대신 내려 보내기 위해 그들이 떠나려고 한다는
것을 우리는 알지 못한다.

우리는 옛것의 숭배자다. 우리는 영혼이란 본디 풍부하
고, 영원하며, 어느 곳에서든 동시에 존재한다는 것을 믿지
않고 있다. 오늘 속에, 어제의 아름다움 못지않고, 또 그것
을 재현시킬 만한 힘이 있음을 우리는 믿지 않는다.

한때 먹을 것을 주고, 잠잘 곳을 마련해주던, 기관이 있
었던 옛 막사의 폐허 속을 서성대면서, 우리의 정신이 다
시 우리에게 먹을 것을 주고 잠자리를 주고 용기를 불어넣
어 줄 수 있다는 것을 믿지 않는다. 우리는 그렇게 다정했
고 달콤했으며, 그토록 자애로웠던 순간을 다시 맞지 못하
리라 생각한다. 다만 앉아서 헛된 눈물만 흘리고 있을 뿐이
다. 그래서 전능의 신은 "일어나서 언제까지나 앞으로 가
라."고 말한다.

우리는 폐허 속에 그대로 머물러 있을 수는 없다. 그렇다
고 새것에만 의존하려고도 하지 않는다. 우리는 뒤에 눈이
달린 저 괴물과 같이, 언제나 시선을 뒤로 돌린 채 걸어가

고 있을 뿐이다.

그러나 재난에 대한 보상은, 오랜 시간을 두고 관찰해 보면, 이해할 수 있을 만큼 명백해진다.

열병, 상해傷害, 뼈저린 실망, 재산의 손실, 친구의 죽음 등은 그 순간에는 보상되지 않고, 절대로 보상될 수도 없을 것처럼 보인다.

그러나 어김없는 세월은 모든 사실의 밑바닥에 깔린 깊은 치유의 힘을 보인다. 오직 결핍감으로만 느꼈던 친구, 아내, 형제, 애인의 죽음도 얼마의 시간이 지나면, 자신의 안내자나 수호신의 모습으로 나타난다.

왜냐하면 이러한 참화는 흔히 우리가 살아가는 방법에 혁명적인 변화를 일으키고, 유년기 혹은 청년기에 종지부를 찍어주며, 기존의 직업, 가정, 생활방식을 버리고, 인격의 성장에 보다 도움이 되는 새로운 무언가를 형성해 주기 때문이다.

그것은 새로운 교우 관계를 만들며, 장래를 위해 가장 중요한 의미를 지닌 여러 새로운 영향을 받아들이도록 허용하거나 강요한다.

그리하여 담장이 무너지고, 정원사가 돌보지 않아 제대로 뿌리 뻗지 못하고, 머리 부분만 지나치게 햇볕을 받는, 양지 바른 정원의 한 포기 꽃에 불과했을 남녀의 인간들이, 이제는 오히려 숲 속의 훌륭한 보리수가 되어 세상의 이웃들에게 널리 그늘과 열매를 제공하게 되는 것이다.

자연

Nature

. . . . .

꽃이나 나무는 단 한 알의 씨앗만을 떨어뜨리지 않는다. 식물들은 아주 풍부한 씨앗을 허공과 땅에 가득 채운다.

비록 수천 개의 씨앗들이 썩어서 없어진다고 해도 또 다른 수천 개가 심어지고, 그중에서 수백 개의 씨앗이 싹 트고, 또 그중에 수십 개만이 성장하여 마침내 하나가 그 조상의 대를 잇는다.

인간은 타락했지만,
자연은 언제나 똑바로 서서 인간이 아직
신성한 감정을 가지고 있는지 없는지를 살피는
특이한 온도계 역할을 한다.

▼▲▼

이 곳에 살다보면 계절과 관계없이 마치 자연이 응석을 부리는 어린 자식을 어루듯이, 공기와 천체와 지구가 조화를 이루어 완벽한 날씨를 보이는 날들을 만날 수 있다.

이런 날에는 지구 위쪽의 황량한 땅에 살고 있는 우리도, 지금까지 우리가 들어온 가장 살기 좋다는 지방에 대한 꿈을 버리고, 이 곳에서 플로리다와 쿠바의 햇볕을 마음껏 즐긴다. 이 때는 살아 있는 모든 것들이 만족스런 표정을 짓고, 들판에 누운 가축들도 위대하고 조용한 사색에 잠긴 듯이 보인다.

이처럼 평화로운 시기는 우리가 '인디언 섬머'라고 구별해 부르는 맑은 시월의 날씨 속에서 좀더 뚜렷이 나타난다. 언제까지나 계속될 것 같은 이 긴 한낮이 평평하게 펼쳐진 언덕과 따뜻하고 넓은 들판 위에 잠들어 있다. 이런 햇빛 속에서 산다면 언제든지 오래 살 수 있을 것만 같다.

숲으로 들어가는 입구에서 놀란 세상 사람들은 크고 작음, 현명함과 어리석음에 관한 도시인의 판단을 버려야 한다. 자연의 품안에서 가장 먼저 해야 할 일은 우리가 둘러맨 습관의 배낭을 내려놓는 일이다.

자연에는 우리의 종교를 부끄럽게 만드는 신성함이 있고, 우리의 영웅들을 믿지 못하게 하는 진실이 숨겨져 있다. 우리는 우리의 자연이란, 모든 주위 환경들을 보잘것없게 만들고, 그 안으로 들어온 모든 인간들을 신처럼 심판하는 것임을 알게 된다.

우리는 답답하고 혼잡한 집에서 빠져 나와 이 밤과 아침의 세계에 들어온 것이다. 그리고 우리는 이 장엄한 아름다움이 날마다 그의 가슴으로 우리를 감싸 안는 것을 본다.

우리는 이 아름다운 것들을 무력하게 만드는 장벽에서 벗어나기를, 궤변에 넘어가지 않고 다시 생각하지 않기를 얼마나 바랐던가. 그리고 자연이 우리를 유혹하기를 얼마나 기다렸던가.

숲에 스며드는 잔잔한 빛은 영원한 아침과 같다. 그 빛은 위풍당당하여 우리를 들뜨게 만든다. 옛날 옛적에 이 곳에 걸었던 주술들이 다시 우리를 향해 슬금슬금 기어 나올 것만 같다. 흥분한 눈에는 소나무와 솔송나무, 참나무의 줄기들이 마치 금속처럼 반짝인다.

이 말 못하는 나무들이 자기들과 같이 살자고, 그리하여 격식이나 따지고 시시한 일들로 가득 찬 우리의 생활을 때려치우라고 우리를 설득하기 시작한다. 여기서는 어떤 역사도, 교회도, 국가도 이 거룩한 하늘과 영원한 세월에 가필하지 못한다.

얼마나 간편하게 이 열린 풍경 속으로 걸어갈 수 있는가. 새로운 경치와 꼬리를 물고 일어나는 생각에 빠져 마침내 집 생각은 점점 마음에서 멀어지고, 모든 기억들은 현재라는 폭군에 의해 사라져버린다. 마침내 우리는 당당하게 자연의 안내를 받는다.

이런 자연의 매력에는 약효도 있다. 그들은 정신을 맑게 해주며 우리의 상처를 치료해 준다. 자연이 우리에게 주는 다정하고 꾸밈없는 소박한 기쁨이다. 우리는 우리 자신에게 돌아온 것이며, 원인과도 가까워진 것이다.

그런데 학교는 늘 거창한 잡담으로 이를 무시하도록 우리를 설득시키려 했다. 우리는 결코 자연을 떠날 수 없으며, 마음은 자연의 정든 집을 사랑한다. 마치 우리의 갈증을 없애기 위해 물이 있듯이 바위나 흙은 곧 우리의 눈이나 손발과 같은 것이다.

도시는 인간의 지각을 충분히 만족시킬 만한 여유가 없다. 마치 목욕을 하기 위해서는 많은 물이 필요하듯이, 우리는 밤이나 낮이나 지평선 위에서 우리의 눈을 채우기 위해, 그리고 더 많은 식견을 얻기 위해 밖으로 나와 이곳저곳을 기웃거린다.

자연의 사물들을 주의 깊게 살펴보며 하루를 보내면 마치 완전히 세속의 때를 벗어버린 느낌이 든다.

우리 집은 지대가 낮아서 전망이 좋지 않은 마을의 끄트머리에 있다. 그러나 나는 친구와 함께 시냇가에 나가 조약돌을 던지며, 마을의 사정과 사람들의 동정, 나아가 온 마을과 인간 세계를 훌훌 벗어 던진다.

그리고는 해질 무렵과 달빛의 깊고 미묘한 세계로 빠져들어가지만, 오염된 인간이 적응 기간을 갖지 않고 들어가기에는 너무 밝고 환하다.

우리는 이 믿을 수 없는 아름다움을 온몸으로 느낀다. 우리는 색을 입힌 원소에 우리의 손을 살짝 담근다. 우리의 눈은 이 빛과 형체들 속에 빠져든다.

하나의 축제이자, 가장 자랑스럽고, 기쁨으로 충만한 호화로운 잔치, 줄곧 용기와 아름다움과 힘과 멋으로 꾸미고 즐긴 이 축제가 바로 이 순간 자진해서 벌어진다. 이 해질 무렵의 구름들과 은밀하고 미묘한 눈짓을 보내며 우아하게 나타나는 별들이 이를 알리고 제안한다.

나는 우리가 고안해낸 생각들이 얼마나 보잘것없으며, 도시의 번화가와 왕궁들이 얼마나 추한가를 알게 된다. 예술품이나 귀중품들이란 이 본래의 아름다움의 속편으로서의 가치를 가지고 만들어져야 한다는 것을 이미 배운 것이다.

나는 나의 회귀에 대해 너무 많이 배우고 있다. 이제부터 나는 쾌락에 빠질 수 없게 될 것이다. 다시 장난감을 가지고 놀 수는 없지 않은가. 나는 비싼 값을 치르며 어렵게 성장했다. 나는 더 이상 우아하지 않은 삶을 살고 싶지 않다.

그러나 시골 사람이라면 나의 잔치의 주인공이 될 수 있으리라. 이들이야말로 가장 최고의 것을 알고 있는 사람이며, 이 땅에는 달콤한 것과 선한 것, 그리고 물과 나무와 하늘이 있다는 것을 알고 있는 사람이며, 이런 매력에 빠질 줄 아는 사람이다. 부유하고 고귀한 사람이다.

세상의 지배자들이 자연에게 도움을 요청하는 한, 곧 공중정원이나 별장, 전원주택, 섬, 공원 같은, 자신의 부족한 인격을 보강할 수 있는 이러한 강력한 액세서리를 통해서도 그들은 장엄한 아름다움을 누릴 수 있다.

자연에는 우리의 종교를
부끄럽게 만드는 신성함이 있고,

우리의 영웅들을 믿지 못하게 하는
진실이 숨겨져 있다.

문학이나 시, 그리고 과학은 분별 있는 사람이라면 누구도 냉담하거나 무관심할 수 없는, 이 깊이를 알 수 없는 자연의 비밀에 바치는 인간의 경의이다.

자연은 인간의 마음 깊은 곳으로부터 사랑을 받는다. 자연은 비록 사람이 살지 않는다 할지라도, 아니 오히려 그 이유 때문에 신의 도시로서 사랑을 받는다.

해가 지는 광경은 땅 위에 있는 그 무엇과도 유사하지 않다. 거기에 인간이란 없다.

그래서 사람들은 그 아름다운 풍광 속에 자신과 같은 인간의 모습이 보이지 않으면 그 존재를 믿지 않거나 놀린다고 생각한다.

만일 그 광경 속에 훌륭한 사람이 서 있다면, 자연이 주는 황홀감은 결코 느끼지 못했을 것이다.

인간은 타락했지만, 자연은 똑바로 서서 인간이 아직 신성한 감정을 가지고 있는지 없는지를 살피는 특이한 온도계로서 봉사한다.

우리는 우리의 무감각과 이기주의라는 약점 때문에 자연

을 우러러보고 있다. 그러나 인간이 다시 본성을 되찾는다면 자연이 우리를 우러러볼 것이다.

우리는 양심의 가책을 느끼며 거품이 이는 시냇물을 바라본다. 그러나 만일 우리 자신의 삶이 올바른 정기를 가지고 흘러간다면, 우리는 오히려 그 시냇물을 부끄럽게 만들 수 있을 것이다.

열의를 가지고 흐르는 시냇물은 햇빛과 달빛에 반사된 빛이 아니라 진짜 불꽃으로 빛난다.

운동이나 변화 그리고 동일성이나 휴식은, '운동'과 '휴식'이라는 자연의 두 가지 비밀이다. 자연법칙의 모든 코드는 아마 엄지손톱이나 도장을 새긴 반지 속에 기록될 수 있을 것이다.

시냇물 위에 빙빙 돌며 떠다니는 물거품은 우리에게 하늘이 펼치는 역학 관계의 비밀을 알려준다. 바닷가의 조개껍질 하나에도 그 열쇠가 감춰져 있다. 컵 속에서 빙빙 돌고 있는 얼마 안 되는 물은 조개껍질이 어떻게 이루어지는지를 한눈에 알 수 있게 해 준다. 해를 거듭하며 쌓인 부가 물은 마침내 가장 복잡한 형태를 이룬다.

그러나 자연이 자신이 가진 온갖 솜씨를 다 부려봤자, 우주의 시작과 끝이라는, 그것도 갖가지 꿈 같은 변화를 이루기 위한 두 개의 끝을 지닌 단 하나의 변변치 않은 재료를 가지고 있다는 데 지나지 않는다.

이를테면 별, 모래, 불, 물, 나무, 인간을 자연이 어떻게 섞어 놓든 그것은 역시 하나의 재료이며, 동일한 속성을 드러내고 있다는 것이다.

어떤 눈을 가졌는가에 달린 문제이긴 하지만, 하나의 사물에서 다른 사물의 부분과 속성을 예견할 수 있을 만큼 사물들은 서로 밀접한 관계를 맺고 있다.

만일 우리가 그것을 볼 수 있는 눈을 가졌다면, 우리는 도시의 성곽을 이루는 작은 돌멩이 하나에서도 인간이 마땅히 도시에서 살아야 하는 이유를 확인할 수 있을 것이다.

이런 동일성은 우리 모두를 하나가 되게 만들고, 습관적인 잣대를 들이댈 때 생기는 엄청난 거리감을 없애준다. 우리는, 마치 인위적인 생활은 자연적인 생활이 아니듯이, 자연생활로부터 일탈을 말한다.

궁궐의 내실에 사는 내시는 더없이 부드러운 곱슬머리를 하고 있지만 동물의 근성을 지니고 있어서 흰곰처럼 거칠고 사나우며 자신의 목적을 위해서라면 무엇이든 할 수 있다. 아울러 그는 향수와 연애편지 속에 둘러싸여 있으면서도 히말라야 산맥과 지구를 움직이는 지축에 직접적으로 연관되어 있다.

만일 우리가 얼마나 자연적인가를 따져본다면, 그토록 맹렬하고 자애로운 힘이 우리를 찾지 못하고 도시를 만들었듯이, 그렇게 도시에 대한 미신에 사로잡히지 않을 것이다. 자연은 석공을 만들고, 그 석공이 집을 만든다.

우리는 전원생활이 우리에게 얼마나 많은 영향을 미치는지에 대해 잘 알고 있다. 그 상쾌하고 자유로운 공기는 얼굴을 붉히며 화를 내고 짜증을 내는 인간에겐 부러운 존재가 된다. 우리가 만일 야영생활을 하면서 풀뿌리나 먹는다면 우리도 그들만큼 웅대해지리라고 생각한다.

그러나 우리는 풀뿌리를 먹는 마모트 대신에 인간이 되자. 그러면 참나무와 느릅나무는 비록 우리가 실크로 된 카

펫을 깔고 상아로 만든 의자에 앉아 있다 할지라도 우리를
기꺼이 대접해 줄 것이다.

자 연의 역사가 진행되는 과정에서 과장이 생긴다. 자
연은 어떤 피조물도 어떤 인간도 자기가 가진 적절한
재능을 조금씩 초과하지 않고는 세상에 내보내지 않는다.

만약 행성이 있다면; 거기에 충격을 가할 필요가 있는 것
이다. 그래서 모든 피조물에게 자연은, 적절한 진로를 따
라, 그 길로 계속 갈 수 있도록 떠밀어주고, 모든 경우에,
한 방울 정도의 미약한 관용을 위해 어느 정도 힘을 보태주
는 것이다.

전기가 없다면 공기는 썩어버리고 말 것이다. 남자와 여
자가 서로를 당기는 이런 격렬한 힘이 없다면, 또한 맹목
적으로 열광하고 추종하는 광신자의 일면이 없다면 흥분도
효과가 없을 것이다.

우리는 어떤 표적을 맞추기 위해서 표적 바로 위를 겨냥
한다.

꽃이나 나무는 단 한 알의 씨앗만을 떨어뜨리지 않는다. 식물들은 아주 풍부한 씨앗을 허공과 땅에 가득 채운다. 비록 수천 개의 씨앗들이 썩어서 없어진다고 해도 수천 개가 심어지고, 그 중에서 수백 개의 씨앗이 싹트고, 그 중 수십 개만이 성장하여 마침내 하나가 그 조상의 대를 잇는다.

만물에는 이처럼 계산된 낭비가 있다. 동물들이 침입하지 못하도록 주위에 울타리를 치는 지나친 공포감 ― 겁을 먹고 몸을 움츠리거나, 뱀을 보거나 갑작스런 소리에 놀라 일어나는 ― 은 대개 별일 없이 지나가긴 하지만 마침내 단 한 번의 진정한 위험에서 우리를 구해준다.

세계를 이루는 이런 기능은 인간의 마음이나 인격과도 연관된다.

철저하게 합리적인 사람은 없다. 사람이라면 누구나 그의 기질 속에 어리석은 요소를 지니고 있다. 혈통에 관한 문제가 지능에 의해 가볍게 결정된다는 것은, 자연이 마음 한 구석에 새겨 둔 어리석음에 인간이 단단히 붙들려 있음을 확인하게 만든다.

대의는 결코 이해관계에 따라 흔들리지 않는다. 그러나 그 원인은 열성적인 지지자의 규모에 따라서 이런저런 항목으로 축소되어, 시시한 문제를 가지고도 치열한 논쟁을 벌인다.

사람은 누구나 자기가 해야 하고 말해야 하는 문제에 대해서 지나치게 큰 의미를 부여한다. 시인이나 예언자는 독자나 청중들의 생각보다 자기가 말하고자 하는 것에 더 높은 가치를 둠으로써 자신의 말에 힘을 싣는다.

젊은 사람들도 자기 나름대로 감동적인 체험을 갖고 있긴 하지만, 아직 자기의 사적인 체험들을 문학으로 옮겨 놓는 방법을 모르는 것 같다.

그래서 아마 글을 잘 쓰는 사람들은 자기들과 다른 언어나 요령을 갖고 있다고 생각하거나 아니면 조용히 있기만 해도 진리는 누군가에 의해 말해질 것이라는 생각에서 자신의 글을 쓰고 싶다는 불타는 욕망을 억누른다.

사람은 본래 자기의 말이 편향적이거나 부적합하다고 느

끼지 않는 한 말할 수 있다. 자기의 말이 한쪽에 치우쳐 있다고 해도 말을 하고 있는 동안에는 그것이 편향적이라는 사실을 느끼지 못한다. 직관적이고 지엽적인 문제에서 벗어나면서 자기가 한쪽으로 치우쳐 있다는 사실을 깨닫는 순간 사람은 혐오감으로 말문을 닫는다.

자기의 글이 얼마 동안 세계의 역사가 된다고 생각하지 않는 사람은 아무 것도 쓸 수 없다. 또 자기가 하는 일이 중요하다고 생각하지 않는 사람은 어떤 일도 잘 할 수 없다.

내가 하고 있는 일이 아무 쓸모가 없을지도 모른다. 그러나 나는 그것이 아무 쓸모가 없다고 생각해서는 안 된다. 그렇지 않으면 무사히 그 일을 끝낼 수가 없을 것이다.

마찬가지로 자연의 구석구석에는 우리를 놀리는 듯하면서도 계속해서 이끌어주는 뭔가가 있다. 그렇다고 우리를 어딘가로 이끌지도 않고, 또 우리를 믿지도 않는다. 모든 약속은 실천을 앞지른다.

우리는 유사성이라는 시스템 속에 살고 있다. 모든 목적은 또 다른 목적을 향하고 있다는 점에서 한시적이다. 완전한 마지막 성공이란 어디에도 없다. 우리는 자연 속에 머물

자기의 글이 역사가 된다고 생각하지 않는 사람은
아무 것도 쓸 수 없다.

또 자기가 하는 일이 중요하다고 생각하지 않는 사람은
어떤 일도 잘 할 수 없다.

며 살아가고 있는 것이지 길들여지는 것은 아니다. 허기와 갈증이 우리를 먹고 마시게 하지만, 우리 마음대로 요리를 해서 빵과 포도주로 배를 채운 뒤에도 또다시 허기와 갈증은 찾아온다.

우리의 예술이나 실천도 마찬가지다. 우리의 음악과 시와 언어 그 자체는 만족이 아니라 암시다.

대화와 인격, 이것이 누구나 인정한 목적이었다. 재산이 있어서 좋은 점은 동물적인 욕망을 채우고, 연기에 그을린 굴뚝을 청소하고, 삐걱거리는 문을 소리 나지 않게 고치고, 아늑한 방에 친구들을 데려오고, 아이들 방과 식당을 따로 둘 수 있다는 데에 있다.

생각이나 도덕, 아름다움도 인간의 목적이었다. 그러나 아시다시피 생각이나 도덕을 추구하는 사람들도 때때로 두통에 시달리기도 하고, 곤경에 빠지거나, 추운 겨울날 방을 따뜻하게 데우려다 좋은 시간을 다 흘려보낼 수도 있다.

불행한 것은, 이런 불편을 없애려고 애쓰는 사이에 자신의 중요한 관심사가 바뀌어 버린다는 데에 있다. 처음의 목적은 어디론가 사라지고 당면한 문제를 해결하는 일이 새로운 목적이 되고 만 것이다. 이것이 부자에 대한 조롱이다.

그들은 땀과 고통과 분노를 견디며 달려갔지만 어디에도 이르지 못했다. 모든 것이 이루어졌지만, 무엇을 위한 것도 아니었다. 그들은 마치 뭔가 할 말이 있다며 친구들의 대화를 방해해 놓고 자기가 하고 싶었던 말을 잊어버린 사람과 같다.

이들의 등장은 목적을 잃은 사회, 목적을 잃은 나라들의 눈을 어디서나 번쩍 뜨게 해준다. 보스턴, 런던, 비엔나, 그리고 오늘날 세계의 대다수의 정부는 부자의 도시, 부자의 정부가 되었다.

그러나 일반 대중은 부유한 사람이 아니라 바로 가난한 사람들이다. 곧 부자가 되고 싶어하는 사람들이다. 자연의 목적은 사람들에게 이처럼 엄청난 희생을 강요할 만큼 위대하고 설득력 있는 것이었던가?

현명한 사람들을 위해서 자연은 자기를 거대한 약속으로 바꾸었지만, 그렇다고 쉽게 밝혀지게 만들지도 않았을 것이다. 자연의 비밀을 끝이 없다. 수많은 오이디푸

스들이 도착한다. 그들의 머릿속은 비밀로 가득 차 있다. 아, 슬프다! 똑같은 마법이 그들의 재능을 망쳐 놓았구나. 그들은 한 마디 말도 입 밖에 내지 못한다.

자연의 거대한 궤도는 신선한 무지개와 같이 한가운데서 둥글게 곡선을 그린다. 그러나 어떤 대천사의 날개도 그 곡선을 따라가 그 끝이 서로 다시 이어진다는 사실을 알릴 만큼 튼튼하지는 않다.

하지만 우리의 행동은 우리가 계획했던 것보다 더 위대한 결론을 짓고 조장하는 듯이 보인다. 인생에서 정신력은 온갖 손길로 우리를 안전하게 지켜주며, 우리가 바라던 목적에 이르도록 돕는다. 우리는 자연과 언쟁을 할 수 없으며, 사람을 대하듯이 자연을 대할 수도 없다. 만일 우리가 우리 개인의 힘을 믿고 자연을 상대하려 든다면, 우리는 단번에 극복할 수 없는 운명의 놀림감이 되고 말 것이다.

그러나 이런 방식으로 우리의 정체를 찾는 대신에, 그 장인匠人의 영혼이 우리 안에 면면히 흐르고 있음을 느낀다면, 우리는 먼저 아침의 평화가 우리 가슴으로 찾아와 머물고, 깊이를 알 수 없는 중력과 불가사의한 힘과 이를 넘어선 생명력이 신기한 형태로 이미 우리 안에 들어와 있다는 것을 느끼게 될 것이다.

우리가 무력하다는 생각이 꼬리를 물면서 갖게 된 불안감이란, '운동'이라는 자연 조건의 한 측면만을 너무 치우쳐 바라본 결과이다. 그러나 바퀴에는 반드시 브레이크가 붙어 있게 마련이다. 그 추진력이 지나치다 싶을 때, 어느 틈엔가 '휴식'과 '자기 정체성'이 이를 보상하기 위해 들고 일어난다. 이 세상의 어느 들판에든 우리의 상처를 치료할 프루넬라나 꿀풀 같은 약초들이 자란다.

늘 그렇듯이 어리석게 보낸 하루가 지나면 우리는 그 날의 흥분과 노여움을 잠재운다. 그리하여 비록 우리가 항상 자질구레한 일들에 얽매여 그들의 노예가 된다고 할지라도, 본질적인 우주의 법칙에 관해 온갖 실험을 하게 된다.

이들 법칙이, 하나의 이념으로서 우리 마음속에 존재하는 동안, 인간의 광기를 폭로하고 치료해주는 바로 그 건전한 정신으로, 자연 속에서 끊임없이 구현되어 우리를 감싸는 것이다.

승리를 이룰 만한 곳으로 몸을 던져, 그 편에 서자. 우리는 자연의 중심에서 양극에 걸쳐 있는 모든 존재의 성장 과정을 가로막거나, 모든 가능성에 적절한 이해 관계를 가지고 있는 과학적인 지식에 한없이 숭고한 영광의 자리를 내준다.

철학이나 종교는 이 영광된 자리를 영혼불멸의 일반적인 교리를 가지고 너무나 피상적으로, 글자 그대로 설명하려고 애써왔다. 하지만 현실은 기록보다 더 뛰어나다.

매순간 우리는 가르침을 받는다. 모든 사물에게도 마찬가지다. 지혜란 어니에든 스며들기 때문이다. 그것은 우리 몸에 활력소처럼 쏟아져 들어오기도 하고, 고통으로 우리를 몸부림치게도 하며, 기쁨에 빠뜨리는가 하면, 다시 권태 속에 몰아넣기도 하고, 쓸쓸한 날과 즐거운 노동의 날들을 교차하게 만든다.

우리는 오랜 시간이 흐른 뒤에야 비로소 그것의 참모습을 깨닫는다.

정치
Politics

. . . . .

모든 법률과 관례는 특수한 경우에 직면하여 그 형편에
따라 사람들이 만든 것이다. 그러므로 우리가 그 모든
것을 응용하거나 뜯어 고칠 수 있으며, 형편에 맞게, 혹
은 더 낫게 만들 수도 있다는 것을 잊지 말아야 한다.

통치행위에 대한 풍자 가운데
정치라는 말이 담고 있는 의미에
필적할 만한 풍자가 또 어디 있겠는가?

이 말은 지난 몇 세기 동안 '교활함'을 뜻했으며,
'국가는 하나의 속임수'라는 것을 암시했다.

▼ ▲ ▼

국가라는 문제에 대해 생각할 때, 우리가 기억해야 할 것은, 비록 국가를 움직이는 여러 제도들이 우리들이 태어나기 이전부터 존재하긴 했지만, 그렇다고 처음부터 존재하지는 않았다는 점이다. 따라서 그것은 시민보다 더 월등하지 않으며, 그 하나 하나는 일찍이 한 독자적인 인간에 의해서 만들어진 것들이다.

모든 법률과 관례는 특수한 경우에 직면하여 그 형편에 따라 사람들이 만든 것이므로, 우리가 그 모든 것을 응용하거나 뜯어고칠 수 있으며, 형편에 맞게, 혹은 더 낫게 만들 수도 있다는 것을 잊지 말아야 한다.

사회는 젊은 시민들에게는 하나의 환상이다. 그들 앞에 사회는, 마치 한가운데 깊이 뿌리 박은 참나무가 있고, 그 주변에 모든 것이 정연하게 늘어서 있는 풍경처럼, 경직된 정적 속에 어떤 특정한 명성과, 사람, 제도가 함께 놓여 있다.

그러나 노련한 정치가는 사회라는 것이 유동적이라는 사실을 알고 있다. 사회에는 그런 뿌리나 중심이 없다. 그러나 아주 작은 어떤 조각 하나가 갑자기 운동의 중심이 되어 압도적인 힘으로 그 사회의 시스템을 뒤바꿀 수 있다.

크롬웰처럼 강한 의지를 가진 사람은 사회를 일시적으로 격동 속에 몰아 넣으며, 플라톤처럼 진리를 깨달은 사람은 영원히 중심이 되어 사회를 이끈다.

현명한 사람들은 알고 있다. 잘못 만들어진 법률이란 비틀면 끊어지는 모래로 된 줄이라는 것을, 국가는 시민의 성격이나 나가야 할 방향을 이끄는 것이 아니라 오히려 추종해야 한다는 것을, 이념을 기초로 만든 정책이나 정당만이 영원하다는 것을, 널리 알려지고 인정된 지배 구조는 이를 받아들인 유권자들이 갖추고 있는 교양의 표현이라는 것을.

법은 하나의 비망록에 불과하다. 우리들은 미신을 버리지 못해 법령에 어느 정도의 (기본적인) 신뢰를 보내지만, 법령의 힘이란 실제로 생활자의 특성인 그 벅찬 삶에 깃들어 있다.

진실하고 단순한 사람들이 갖고 있는 꿈은 예언적이다. 따라서 오늘 시적인 감수성을 가진 한 예민한 젊은이가 꿈꾸고, 바라며, 마음에 그렸던 어떤 생각, 하지만 왠지 남들에게 보여주거나 발표하기에는 겸연쩍어서 머뭇거렸던 그 생각이, 머지않아 공공단체가 주장하는 결의안이 될 가능성도 있는 것이다.

인간의 마음을 간파하고 있는, 다시 말해 법률이나 혁명을 통해 인간의 마음을 최대한 드러내 온 정치 이론은, 정부가 마땅히 보호해야 하는 두 대상인 개인과 재산을 고찰한다.

개인에 관해 말하자면, 그 본성이 동일한 존재라는 점에서 모든 개인은 동등한 권리를 갖는다. 물론 이것의 중요성은 전력을 다해서 민주주의를 요구한다는 점이다.

이성으로 접근할 경우에 인간의 모든 권리는 평등하지만, 재산에 대해서는 아주 불평등하다. 어떤 사람은 옷만 잔뜩 가지고 있는 반면에, 어떤 사람은 넓은 땅을 소유하고 있다.

이 우연한 결과는 기본적으로 각자의 수완과 능력에 달려 있으며, 모든 차이는 여기서 비롯되었다.

그 불평등의 부차적인 원인은 세습이다. 물론 재산의 소유권도 평등하지 못했다.

보편적으로 동일한 개인의 권리는 인구비례로 정부를 조각할 것을 요구하고, 재산권은 소유자와 소유의 비례로 정부를 조각할 것을 요구한다.

초기 사회에서는 스스로 부를 창출한 사람이 재산 소유자였다. 부가 소유주의 손에 직접 들어가는 한 아무리 공정한 사회에서도 재산이 재산을 위해 법률을 만들고, 개인이 개인을 위해 법률을 만드는 것 말고는 다른 어떤 의견이 있을 수 없다.

그러나 재산은 기부라든가, 상속이라는 형식을 통해 재산을 직접 일구지 않은 사람의 손에 들어가기도 한다. 기부에 의해서 갖게 된 재산은, 일을 해서 얻은 재산이 최초의 소유자에게 귀속되는 것과 마찬가지의 과정을 거쳐서 새로운 소유주의 재산이 된다. 세습 재산의 경우에는 법률이 그 소유권을 확립해준다.

그 소유권은 소유자들이 그들의 재산을 공익을 위해서 쓸 수 있는 가치 있는 것으로 만든다.

그러나 재산이 재산을 위해서 법률을 정하고, 개인이 개인을 위해서 법률을 정하는 원칙은 즉석에서 받아들여지거나 이를 구체화하기는 쉬운 일이 아니었다. 모든 거래에서 개인과 재산이 혼동되기 때문이었다.

결국 "정당한 것을 평등이라 부르고, 평등한 것을 정당하다고 부르지 않는" 스파르타식 원칙에 입각하여, 못가진 자보다는 가진 자에게 더 많은 선거권을 주는 합법적인 차

별의 해결 방법을 찾은 듯이 보인다.

그러나 이 원칙은 지난 시절에 생각한 것처럼 그렇게 자명해 보이지는 않는다.

왜냐하면 법에 의해 허용된 범위 이상으로 지나치게 재산에 치우치지 않았는지, 우리의 관례가 부자나 가난한 사람의 몫을 침해하여 구조적으로 그들이 빈곤에서 벗어날 수 없도록 만든 것은 아닌지 어느 정도 의심이 들기 때문이다.

그러나 그 의심을 일으키는 보다 더 중요한 이유는, 애매하여 아직 명확하게 표현되지 않는 본능적인 느낌, 곧 전체적인 재산의 구성은 현재의 소유 상태로 볼 때 나쁜 결과를 낳으며, 개인에 대해서는 삶의 질과 품위를 떨어뜨리도록 작용한다는 것, 진실로 국가가 고려해야 할 유일한 대상은 개인이라는 것, 재산은 언제나 개인에 속해야 한다는 것, 정부의 궁극적인 목적은 사람들의 문화를 고취시키는 데 있다는 것, 만약 인간에게 교육이 가능하다면 여러 제도는 삶을 개선시키고, 국가의 법률도 도덕적 감성에 의해서 제정될 수 있다는 본능적인 느낌이 들기 때문이다.

크롬웰처럼 강한 의지를 가진 사람은
사회를 일시적으로 격동 속에 몰아 넣으며,

플라톤처럼 진리를 깨달은 사람은
영원히 중심이 되어 사회를 이끈다.

이 문제의 정당성이 쉽게 받아들여지지 않는다 할지라도, 우리가 자연적인 방어에 주의를 기울인다면 그 위험은 줄어들 것이다. 우리가 선거로 뽑은 관리들이 지켜주는 것보다 자연적 방어에서 더 완전한 보호를 받게 될 것이다.

사회는 대부분 젊고 어리석은 사람들로 구성된다. 사법 기관과 정치인들의 위선을 보아온 노인들은 죽고, 그 지혜는 자손들에게 대물림되지 않는다. 자식들은 그들의 아버지가 젊었을 때 그랬던 것처럼 그 시대의 신문을 믿는다.

이처럼 무지하고 쉽게 속아넘어가는 사람들이 대다수라면, 국가는 곧 파멸하고 말 것이다. 그러나 거기에는 통치권자의 어리석음과 야망이 도달할 수 없는 한계가 있다.

인간과 마찬가지로 사물에도 그들의 법칙이 있다. 그래서 사물은 쉽사리 농락 당하지 않는다.

재산은 보호받아야 한다. 씨앗을 뿌리기만 하고 비료를 주지 않는다면 곡식은 제대로 성장하지 않는다. 게다가 농부는 곡식을 거두고 수확할 수 있다는 일말의 희망이 없으면 심지도 않고 가꾸지도 않는다.

어떤 형식으로든 개인과 재산은 정당한 지배를 받을 수

있고 받아야만 한다. 개인이나 재산은 물체가 인력에 끌리는 것처럼 간단없이 그들의 힘을 발휘한다.

사람은 도덕적이면서 초자연적인 힘을 가진 기관이라 개인의 영향력이 어디까지 미치는지를 단정하는 것은 불가능한 일이다. 이를테면 시민으로서의 자유 또는 종교적 감성 같은 집단적인 성향을 가진 이념에 사로잡혀 있을 때의 개인의 힘이란 그 한계를 예측할 수 없다.

따라서 만장일치로 자유나 정복에 모든 촉각을 기울이고 있는 나라의 국민들은 뜻밖에도 간단히 국가 통제주의자의 예상을 벗어나거나 잉뚱한 행동을 할 수 있다.

그리스인, 아랍인, 스위스인, 미국인, 프랑스인들이 그렇게 했던 것처럼 말이다.

한 나라의 지배 구조와 방식은 관리들의 포악하고 어리석은 행위에 맞서 개인과 재산의 권리를 지키려는 불변의 필요에 따라 결정된다. 이는 그 나라의 독특한 국민성에 따라 다르기 때문에 결코 다른 나라에 그대로 적용될 수는 없다.

우리는 미국의 정치제도에 대해 상당한 자부심을 갖고 있지만, 이 나라의 정치 제도는 자신들의 의사를 충분하고 충실히 표현하려는 국민의 성격과 조건에서부터 현재 살고 있는 사람들의 기억을 바탕으로 미국이라는 풍토 속에서 뿌리내린 것이다. 우리는 이 제도를 역사상 어느 제도보다 우수하다고 판단하고 있다. 더 좋은 제도가 있을지 모르나 지금으로 볼 때 비교적 괜찮은 유일한 제도다.

지금 시대를 살고 있는 우리가 민주주의의 장점을 주장하는 것은 지극히 당연한 일이겠지만, 종교가 군주 정체를 신성시하는 다른 나라의 입장에서는 군주 정체가 민주 정체보다 더 몸에 맞을 수 있는 것이다. 지금 우리의 종교적 감성에는 민주주의가 더 어울리기 때문에 우리에게는 이 제도가 더 나아 보이는 것이다.

우리들은 태생적으로 민주주의자였기 때문에 군주정체를 판단할 자격은 없다. 다만 군주제의 이념 속에서 살아온 우리 선조들에게는 군주 제도도 상대적으로 옳은 것이었다.

비록 우리가 가진 제도가 시대정신과 일치하더라도, 다른 정치 형태가 믿음을 잃은 것처럼 실제적인 결함을 면제받은 것은 아니다. 지금의 모든 나라들은 부패되었다. 선량한 사람들을 지나치게 법률에 얽매이게 해서는 안 된다.

통치행위에 대한 풍자 가운데 정치라는 말이 주는 신랄한 비난에 필적할 만한 풍자가 또 어디 있겠는가? 이 말은 지난 몇 세기 동안 '교활함'을 뜻했으며, '국가는 하나의 속임수'라는 것을 암시했다.

이 같은 은근한 변화의 욕구와 변함없는 사실상의 폐해는 성당에노 그대로 나타난다. 성당은 나라마다 성부 행성을 반대하는 정당과 지지하는 정당으로 갈라져 있다.

정당도 본능에 따라 결성된다. 따라서 당 지도자의 지혜보다는 당 스스로 마련한 겸손한 목적에 따라 좌우된다. 초창기의 정당은 어떤 사실 관계나 항구적인 관계를 거칠게 드러내는 특징이 있긴 했지만, 적어도 정도에서 벗어나는 일은 하지 않았다.

하지만 오늘날 대부분의 당원들은 자기 입장도 설명하지

못하면서 자기들과 관련되어 있는 이익만을 옹호하고 있다. 따라서 어떤 정당을 비난하기보다는 차라리 동풍이 불거나 서리가 내리는 것을 비난하는 것이 더 현명할지도 모른다.

그들은 지도자의 명령에 따라 그들의 뜻깊은 정당의 강령을 저버리고, 개인적인 사정에 이끌려 그들의 조직과는 아무런 관계도 없는 여러 가지 문제를 지지하고 옹호하려고 발벗고 나선다. 이 때 우리와 정당원 사이의 반목이 시작된다.

정당은 개성 때문에 끊임없이 부패한다. 우리가 이 결사를 부정직한 행위를 하지 못하도록 만들 수 있을지는 몰라도, 이 자비심을 당 지도자들에게까지 펼칠 수는 없다. 그들은 자신들의 지도를 받는 대중들의 순종과 열의라는 보답을 얻는다.

대체로 우리의 정당이라는 것은 원리원칙에 따라 만들어진 것이 아니라 주변 환경에 따라 형성되었다. 다시 말해서 농업상의 이익과 상업상의 이익이 충돌하면 자본가의 정당과 노동자의 정당이 생기는 것이 그 실례다. 이들 정당의 도덕적 성격은 대개 동일하며, 정책을 결정하는 과정 속에서 그 입장이 쉽게 바뀔 수도 있다.

종교적 분리, 자유무역, 노예제도의 폐지와 보통선거권 부여, 사형제도 폐지 등을 정책으로 삼은 정당들은 개인적인 운동 차원으로 떨어지거나 다만 열망을 고취하는 정도에 그치고 만다.

이 나라의 지도적 입장에 있는 정당의 나쁜 점은(사회의 여론을 드러내는 공정한 표본으로서 인용할 수 있는), 그들 정당에 붙여진 이름에 걸맞게 필요한 기반에 깊이 뿌리박지 않고, 일반 사회의 복지와는 전혀 관계가 없는 지역적이고 일시적인 정책을 추진하는 데에만 매달리고 있다는 것이다.

두 정당이 전 국민을 양분하고 있는 이 시점에서 두 정당에 대해 언급하자면, 한쪽은 최고의 방침을 갖고 있는 반면에 다른 한쪽은 최고의 인재를 확보하고 있다고 나는 말하고 싶다.

물론 사상가나 시인, 종교인은 자유무역, 선거권 확장, 형법상 허용된 잔인한 형벌의 폐지를 위해 민주당에 투표권을 행사할 것이고, 젊은이와 가난한 자는 부와 권력에 접근할 수 있는 방편을 위해 투표할 것이다.

그러나 이들은 소위 대중의 정당이 자유주의의 대표자로서 자신들에게 제의한 사람들을 쉽게 받아들이려고 하지 않는다. 자유주의의 대표자들은 민주주의에 어떤 희망과 미덕을 줄 목적을 마음속에 가지고 있지 않다.

미국의 급진주의 정신은 파괴적이고 목적이 없다. 그 이면에 감춰진 목적도 없고, 종교적인 목적도 없는 것은 사랑이 아니다. 거기에는 오직 증오와 이기주의에서 오는 파괴만이 있다.

한편, 보수당은 온건하고 유능한 교양인을 포섭하고 있으나 비겁하며 가진 자들의 재산 보호에만 급급하고 있다. 이 정당은 권리도 옹호하지 않고, 진정한 선도 동경하지 않으며, 죄악의 오명도 쓰지 않고, 광대한 정책도 제시하지 못하고 있다.

또 건설도 저술도 하지 않고, 예술도 종교도 육성하지 않고, 학교도 건립하지 않고, 가난한 자와 인디언과 이민자들을 친구로 삼지도 않는다.

어느 정당이 정권을 잡든지 간에 국민들은 국가의 자원

에 걸맞은 과학과 예술, 인간성이 가져다 줄 어떤 혜택도 기대할 수 없다.

양극과 두 개의 힘, 곧 구심력과 원심력의 실제는 보편적인 것이며, 각각의 힘은 그 자체의 움직임으로 상대방의 힘을 이끌어낸다.

지나친 자유는 단단한 양심으로 발전하지만, 자유의 결핍은 법칙과 의식을 강조함으로써 양심을 마비시킨다.

우리가 전적으로 의지해야 할 것은 모든 법을 꿰뚫고 빛나는 자애로운 필연성에 있다.

인간의 본성이 동상이나 노래, 철길 등에 특색 있게 나타나듯이 이들 법 속에서도 자연스럽게 표현되어 있다. 아마 국가의 법전이란 것도 요약하면, 보통 사람들의 양심을 베껴 놓은 것에 지나지 않을 것이다. 마찬가지로 정부도 인간의 도덕적 정체성을 그 기원으로 삼고 있다.

한 사람에 대한 이성은 다른 사람에게도 이성이 되며, 나

지나친 자유는
단단한 양심으로 발전하지만,

자유의 결핍은
법칙과 의식을 강조함으로써 양심을 마비시킨다.

아가 모든 사람의 이성이 된다. 아무리 정당 수가 많다고 해도, 아무리 자기 당의 결의가 단호하다고 해도 모든 정당을 만족시키는 중간 정책이란 있게 마련이다.

모든 공동체가 진리와 정의를 법으로 만들어 손질하면서 목표로 삼는 그 이념은 곧 현자賢者의 뜻이다.

현자는 인간의 본성에서 찾아지지 않는다. 그래서 사회는 온갖 지혜를 짜내 현자에 의한 지배를 이루기 위해 서툴지만 진지한 노력을 기울인다.

이를테면, 정책을 결정하기에 앞서 국민의 의견을 묻거나, 전체의 대표를 뽑기 위해 복수 선택을 함으로써, 아니면 능률과 내부의 결속을 이룰 수 있는 가장 적합한 인물을 뽑음으로써, 아니면 적절한 대리인을 선임할 수 있는 사람에게 관리를 맡김으로써 공동체는 현자에 의한 지배를 모색하고 있다.

이런 모든 형태의 지배는 불멸의 지배를 상징하며, 모든 왕조도 마찬가지다. 그것은 두 사람이 있는 곳에서나 단 한 사람이 있는 곳에서나 완전한 지배를 이루어 수의 영향을 받지 않는다.

개인의 본성은 그와 동시대 사람들의 성격에 그대로 나타난다. 그러므로 나의 옳고 그름은 그들의 옳고 그름이 되는 것이다.

내게 맞는 일을 하며, 내게 적합하지 않은 일은 하지 않으면서, 나와 내 이웃은 서로 뜻을 맞추며 한 시대의 통일된 목적을 위해서 협력할 것이다. 그러나 내게 주어진 일도 제대로 하지 못하면서 이웃 사람에게 지시하려 든다면 나는 진리에서 벗어나 그들과 거짓 관계를 갖게 된다.

이웃 사람이 나보다 훨씬 수완이나 능력이 모자라며, 그는 그릇된 생각 때문에 제대로 설명할 수 없다고 말할지 모르나, 그것은 거짓말이며, 거짓은 나와 내 이웃 사람의 관계에 손상을 입히게 된다.

사랑과 자연은 이런 뻔뻔스런 태도를 용납하지 않는다. 그래서 이런 몰염치는 실질적인 거짓말, 말하자면 힘에 의해서 행해질 것이다.

이런 방법으로 다른 사람을 지배하려는 것은, 세계의 여러 통치 방식 중에서도 가장 사악하다고 여겨지는 만큼 중대한 과실이다.

사람이 많은 경우에는 그 위선이 명백히 나타나지 않지만, 사람이 많을 때나 단 둘이 있을 때나 위선이기는 마찬가지다.

만약 내가 내 아이와 같은 입장에서, 같은 생각으로, 사물을 이러이러한 것이라고 관찰했다면, 그 인식은 곧 나와 내 아이에게는 법이 되는 것이다. 우리는 함께 있으며 함께 행동한다.

그러나 내가 아이의 입장을 고려하지 않고, 아이의 계획을 추측해서, 아이에게 이런저런 명령을 해봤자 아이는 결코 내 말을 따르지 않을 것이다.

이것이 — 곧 한 사람이 남을 구속할 수 있는 어떤 일을 하는 것이 — 지배의 역사이다. 나를 잘 알지 못하는 사람이 나에게 세금을 매기고, 나를 먼발치서 본 사람이 나의 노력의 일부를 이런저런 종잡을 수 없는 목적 — 그것도 그가 우연히 생각해낸 목적 — 을 위해 바치라고 명령한다.

그 결과를 보라! 사람들이 가장 갚기를 꺼리는 부채가 바로 세금이다. 지배에 대한 얼마나 신랄한 풍자인가! 어디에서든 사람들은 돈을 쓰면서 그 가치를 느끼지만 세금만큼은 예외다.

그러므로 지배의 간섭이 적으면 적을수록, 법률의 가짓수가 적으면 적을수록, 위임된 권한이 제한될수록 좋다.

합법적인 지배의 남용을 억제하는 해독제는 개별적인 인격의 영향, 곧 '개인'의 성장이다. 그것은 곧 대리권을 폐지시키는 원리의 출현이며, 현자의 출현이기도 하다.

현존하는 지배라는 것은, 스스로 인정하듯이, 초라하고 보잘것없는 모방이다. 모든 사물이 추출해내고 싶어하는 어떤 것, 곧 자유, 교화, 교제, 혁명이 모양을 갖추어 배출한 것이 인격이다.

그것이 그 왕국에 영광의 관을 씌워주고 싶어하는 본성의 목적이다.

국가는 현자를 교육하기 위해서 존재하고, 현자의 출현과 더불어 국가는 소멸한다. 인격의 출현은 국가라는 존재를 불필요하게 만든다.

우리가 자신의 가치를 변변찮은 재능으로 대신하려고 초조해 하는 것은 우리들의 역량이 얼마나 보잘것없는 것인가를 알기 때문이다. 우리는 자기를 과대평가하려는 의식에 사로잡혀 있으며, 또 그 의식을 배반한다.

그러나 우리들 각자는 다소나마 유익하고, 우아하며, 힘세고, 재미있고, 이익이 될 수 있는 일을 할 수 있는 약간의 재능을 가지고 있다.

우리가 한 일은, 아직 수준이 높고 평등한 삶의 경지에 이르지 못했다며 남들과 우리 자신에게 늘어놓는 일종의 변명이다. 그러나 동료들의 주목을 끌기 위해 그 일을 하는 경우에는 우리를 만족시키지 못한다.

역사

History

. . .

우리는 언제나 사적인 경험으로 역사상의 결정적인 사실
들을 알아채고, 그것을 사적인 경험으로 입증한다. 모든
역사는 주관적이다. 바꿔 말하면, 참된 의미의 역사란
없다. 있다면 전기(傳記)뿐이다.

사람들은 자기 혼자의 힘으로 모든 영역을 살펴보아야
하고, 모든 교훈을 알아내야만 한다. 자기가 보지 않은
것이나 직접 살아보지 않은 것은 알 수가 없다.

모든 개혁도 한때는
하나의 사적인 의견일 뿐이었다.

하지만 하나의 사적인 의견이
다시 다른 누군가의 의견이 되었을 때,
그 의견이 곧 그 시대의 문제를 해결하는 답이 된다.

▽ ▲ ▽

모든 개인들에게는 누구나 한결 같은 마음이 있다. 그 한결 같은 마음이 바로 서로에게 다가가고, 이 세상의 모든 것들과 소통하는 입구다. 이성적으로 사고하고 행동힐 수 있는 사람들은 당연히 자신의 능력을 마음껏 발휘할 수 있다.

플라톤이 생각한 것을 자기도 생각할 수 있으며, 성자들이 느낀 것을 자기도 느낄 수 있다. 또 언제 누구에게 일어난 일이라도 이해할 수 있는 힘이 있다. 이런 보편적인 마음을 느낄 수 있는 사람은 이 세상에 존재하는 어떤 대상이나 움직임에도 관여할 수 있다.

왜냐하면 이 마음이 사람을 주체적으로 움직이게 하는

오직 하나뿐인 힘이기 때문이다. 그리고 이런 마음이 한 일들을 기록한 것이 바로 역사다. 마음이 무엇인지는 그날그날 행해진 일련의 일들을 통해서만 설명할 수 있다.

마찬가지로 인간이 무엇인지는 인류 역사를 죄다 들여다보아야만 설명이 가능하다. 인간의 정신은 처음부터 서둘지 않고, 쉬지도 않으며, 자신이 가지고 있는 모든 능력과 생각, 감정을 적절한 사건을 치르며 그 실체를 드러낸다.

그러나 사람들의 생각이란 늘 드러난 사실보다 한 발 앞서 있다. 역사에 드러난 사실들은 인간의 마음속에서 어떤 법칙으로 먼저 존재한다는 것이다. 법칙이란 우세한 주변 환경에 따라 바뀌게 마련이고, 한 번에 하나의 법칙에만 힘을 실어주는 것이 인간의 본성이 지닌 한계다.

인간이란 사실에 완벽한 백과사전이다. 수많은 거대한 숲도 한 톨의 도토리에서 비롯되었듯이, 이집트나 그리스, 로마, 영국, 미국도 이미 최초의 인간 속에 내밀하게 존재하고 있었던 것이다.

오랜 세월을 거쳐 수없이 명멸했던, 유목 집단에서 왕국, 제국, 공화국, 민주 국가라는 체제도 다양한 인간의 본성을 다양한 세계에 단순히 적용시킨 것에 지나지 않는다.

바로 이러한 사람의 마음이 역사를 기술해 왔고, 이 마음으로 역사를 읽어야만 한다. 스핑크스는 자신의 수수께끼를 스스로 풀지 않으면 안 된다.

만일 역사 전체가 한 사람 안에 들어 있다면, 역사는 그 모든 것을 개인의 경험을 통해서 설명해야 한다.

인생이라는 짧은 시간과 몇 세기에 걸친 오랜 기간 사이에는 서로 통하는 점이 있다.

우리가 숨쉬는 공기는 대자연의 거대한 저장소에서 꺼내 온 것이며, 내가 읽고 있는 책 위에 비치는 별빛은 1억 마일이나 떨어진 별에서 온 것이며, 우리 몸이 바른 자세를 유지하고 있는 것은 원심력과 구심력의 균형에 의한 것과 마찬가지로, 시간은 시대를 통해서 알아야 하고 시대는 시간에 의해서 설명되어야 한다.

　각각의 개인은 보편적인 마음으로 이루어져 있으므로
개인에게는 보편적인 마음의 고유한 속성 또한 내재되어
있다.
　따라서 개인의 사적인 경험에서 비롯된 개별적인 새로운
사실들이 수많은 사람들이 벌인 일들에 대해 깨달음을 주
며, 개인적 삶의 위기는 곧 국가적인 위기로 간주된다.
　모든 혁명은 한 사람의 마음속에 있는 하나의 생각에서
시작되었다. 그리고 똑같은 생각이 또 다른 사람에게서 잇
달아 생겨날 때 그것은 한 시대를 가늠하는 열쇠가 된다.
　모든 개혁도 한때는 하나의 사적인 의견이었다. 하지만
하나의 사적인 의견이 다시 다른 누군가의 의견이 되었을
때, 그 의견이 곧 그 시대의 문제를 해결해 준다.

　거론된 사실이 나에게 믿음을 주고 명쾌하게 이해되자면
뭔가 서로 일치하는 것이 있어야 한다.
　우리가 책을 읽으면서 때로는 그리스인이나 로마인, 터
키인, 승려와 국왕, 순교자와 사형 집행인이 되는 것처럼,

이 이미지들은 우리의 비밀스런 경험 속에 있는 사실적인 부분들과 연결시켜야 한다. 그렇지 않으면 우리는 아무 것도 올바르게 배울 수 없다.

개별적인 사람들과 사물들을 가치 있게 만드는 것이 바로 보편적인 본성이다. 이 본성을 지닌 인간의 삶은 신비하고 신성하다. 따라서 우리는 여러 가지 벌칙과 법률을 만들어 이것을 지키고 있다.

모든 법률이 존재해야 할 궁극적인 이유는 여기에 있다. 아울러 모든 법률은 대체로 이 무한한 본질의 지배를 받고 있음을 명확하게 표현하고 있다.

물질적인 재산도 영혼과 관계가 있으며, 위대한 정신적인 사실 또한 감싸고 있다. 그리고 우리는 본능적으로 총칼이나 법률에 의해, 또는 다양한 여러 방법을 통해 자신의 재산을 지키려고 한다.

이런 사실을 어렴풋하게나마 의식한다는 것은 우리의 일생을 비추는 빛이자, 더할 나위 없이 바람직한 일이다. 그것은 또한 교육과 정의, 자선을 촉구하는 이유이며, 아울러

우정과 사랑, 그리고 자존의 행위인 용기와 고결함을 바탕
으로 이루는 것이기도 하다.

우 리는 역사적으로 중요한 시기, 위대한 발견, 위대한
저항, 그리고 인간의 위대한 번영에 대해 깊이 공감
한다.

그 까닭은 우리가 그런 처지에 놓여 있었다면 우리가 했
을 뻔한 일이거나, 적어도 아낌없는 성원을 보냈으리라고
생각하며, 누군가가 우리를 위해서 법률을 만들었고, 바다
를 탐색했고, 대륙을 발견했고, 강력한 도전을 했다고 믿기
때문이다.

학 자는 역사를 능동적으로 해석해야지 수동적으로 읽
어서는 안 된다. 자신의 생애를 텍스트로 삼고, 책들
은 그것에 대한 주석으로 여겨야 한다. 기꺼이 이렇게 했을
때, 역사를 관장하는 뮤즈 여신은 신탁을 공표할 것이다.

하지만 자신을 존중하지 않는 사람들에게는 그 목소리가

모든 혁명은 한 사람의 마음속에 있는
하나의 생각에서 시작되었다.

그리고 똑같은 생각이 또 다른 사람에게서 잇달아 생겨날 때
그것은 한 시대를 가늠하는 열쇠가 된다.

결코 들리지 않을 것이다. 아직도 명성이 자자한 역사 속의 인물들이 한 일들이, 지금 자신이 하고 있는 일보다 더 의미가 깊다고 생각하는 사람이 역사를 올바로 읽을 것이라고 기대할 수는 없다.

세계는 각각의 인간을 교육시키기 위해 존재한다. 역사에 나오는 어느 시대, 어떤 사회 상태, 어떤 행동양식이건 그것에 대응하는 무엇인가가 있게 마련이다.

우리는 언제나 사적인 경험을 통해 역사의 결정적인 사실들을 알아채고, 그것을 사적인 경험으로 입증한다. 모든 역사는 주관적이다. 바꿔 말하면 참된 의미의 역사란 없다. 있다면 전기傳記 뿐이다.

사람들은 자기 혼자의 힘으로 모든 영역을 살펴보아야 하고, 모든 교훈을 알아내야만 한다. 자기가 보지 않은 것이나 직접 살아내지 않은 것은 알 수가 없다.

고대에 대한 모든 탐구, 이를테면 피라미드, 고도古都의 발굴, 스톤헨지, 오하이오 서클, 고대 멕시코, 멤피스 따위에 대한 호기심은 이 미개하고 야만적이며 터무니없는 '거기'와 '그때'를 치워 버리고, 대신 그 자리에 '여기'와 '지금'을 채워 넣으려는 욕망이다. 내가 아님을 부정하고 나를 데려다 놓는 것이다. 차이를 폐지하고 일치를 부활시키려는 것!

테베에 있는 미라의 묘혈墓穴과 피라미드를 발굴하고 조사한, 이탈리아의 유명한 여행가이자 탐험가인 벨조니는 그 기괴한 작품과 자신이 차이가 없다는 것을 느낄 때까지 작업을 멈추지 않았다.

일반적인 면에서 세부적인 부분에 이르기까지, 자신과 같은 인간이, 자신과 같은 장비를 가지고, 같은 동기에 이끌려, 자신도 역시 그렇게 할 수밖에 없었다고 생각되는 목적을 위해 그 작업을 수행했다는 사실을 스스로 수긍했을 때야 비로소 그 문제는 해결되는 것이다.

그렇게 됐을 때 사원과 스핑크스, 카타콤의 전체적인 진로를 따라 그의 생각이 머물며, 만족스럽게 그 모든 것들을 통과하게 된다. 따라서 그들은 다시 인간의 마음속에 머물게 된다. 곧 지금 존재하는 것이다.

사람들 사이에 차이가 나는 것은 연상聯想의 법칙이 제
각기 다르기 때문이다. 어떤 사람은 색깔이나 크기
그리고 우연히 눈에 띄는 겉모양에 의해서 사물을 분류하
고, 또 어떤 사람은 본질적인 유사성이나 인과관계에 의해
구분한다.

　지식의 발달은 원인을 더 명확하게 밝히는 쪽으로 기울
고 있으며, 그 때 표면상의 차이는 별로 문제 삼지 않는다.
시인이나 철학자, 성자들에게 세상의 모든 것들은 친근하
고, 성스러우며, 모든 일들은 유익하고, 하루하루가 거룩하
며, 모든 사람들은 다 존귀할 뿐이다. 왜냐하면 시선이 온
통 생명에 쏠려 있어 주위의 상황 따위는 염두에 두지 않기
때문이다.

　아울러 모든 화학적 물질, 식물, 그리고 성장하고 있는
동물들은 원인의 일치와 그 겉모양의 다양함을 가르친다.

천재는 우연히 떠오른 생각에 골몰한다. 그리고는 사물이 생성된 시발점으로 되돌아가 한 천체에서 발산된 빛이 머지않아 무한한 직경을 향해 원을 그리며 떨어지는 것을 본다. 천재는 모든 가면을 꿰뚫고 개체가 자연의 윤회를 수행하는 모습을 지켜본다.

자연은 변화무쌍한 구름과 같다. 언제나 있지만 그 모습은 결코 동일하지 않다. 마치 시인이 하나의 교훈을 담은 스무 개의 우화를 만들어내듯이 자연은 동일한 생각을 무수한 다른 형태로 투사하고 있다.

역사의 정체성도 똑같이 본질적이며, 그 다양성도 마찬가지로 명백하다. 이를테면 겉으로 볼 때는 한없이 다양한 사물이지만, 그 중심에는 단 하나의 원인이 있을 뿐이다.

별로 닮은 구석이 없는데 보는 사람에게 닮은 듯한 인상을 주는 용모나 얼굴을 가진 사람을 누구나 한 번쯤 본 적이 있다. 한 폭의 그림 또는 한 편의 시가 비록 똑같은 이미지를 불러일으키지는 않을지라도 어떤 험한 산길을 걷는 것과 같은 기분을 불러일으키는 일이 있다. 이 경우 그 유사성은 결코 감각에 명백하게 반영되지 않는 신비한 것이어서 우리의 이해력이 거기까지 미치지 못하는 것이다.

자연은 그 수가 몇 안 되는 법칙들의 무한한 결합이자 반복이다. 자연은 오래된 그의 잘 알려진 곡조를 무수한 편곡을 통해서 흥얼거리고 있다.

어떤 화가가 나에게 이런 말을 들려준 적이 있다. "그 누구도 자신이 어느 정도 나무의 입장이 되어 보지 않고서는 나무를 제대로 그려낼 수 없다. 또한 단순히 어린이의 겉모습이나 윤곽만을 공부한다고 해서 곧 어린이를 그릴 수 있는 것도 아니다. 화가는 상당히 오랜 시간 동안 어린이의 동작과 노는 모습을 관찰함으로써 그들의 본성에 깊숙이 파고들어 갈 수 있게 되는 것이다. 그때서야 비로소 화가는 어린이가 어떤 자세를 취하고 있더라도 그를 자유 자재로 그릴 수 있는 것이다.”

동일하다는 것은 사실에 관한 것이 아니라 정신에 관 한 것이다.

마찬가지로 진정한 화가라면, 다양한 사례에 대한 훈련 을 끊임없이 반복하여 기교를 얻으려고 하지 않고, 더 깊이 이해함으로써 주어진 활동으로 다른 사람들의 영혼을 일깨 워줄 수 있는 힘을 이루어내야 한다.

“평범한 사람은 자신이 한 일을 통해서 자신을 드러내고, 고귀한 사람은 인격으로 자신을 드러낸다.”는 말이 있다. 이것은 무슨 말일까?

결국 본성이 깊은 사람은 그 자신의 언행이나 표정이나 몸가짐만으로 전시된 그림이나 조각품과 같은 힘과 아름다 움을 불러일으킨다는 말이다.

문명과 자연의 역사, 문예사, 이 모두는 개인적인 역사를 통해서 설명이 되어야 한다. 그렇지 않다면 그것들은 단순히 말로 된 것에 불과하다.

왕국, 대학, 나무, 말, 편지 — 그 어떤 것도 우리와 관계 없는 것이 없으며, 또 우리의 흥미를 불러일으키지 않는 것이 없다. 이 세상 모든 것들의 근원은 모두 인간 속에 있다.

진정한 시는 시인의 마음 안에 있다. 마찬가지로 진정한 배는 배를 짓는 사람 안에 있다.

만약 우리가 사람 속으로 들어가 그의 마음을 열어 볼 수 있다면, 그의 작품에 마지막으로 멋을 부린 구절과 마지막으로 그린 장식 문양 하나의 이유까지도 꿰뚫어 볼 수 있을 것이다.

이것은 마치 조개껍질의 돌기나 색조가 이미 그 조개의 분비기관 안에 담겨 있는 것과 마찬가지다.

아시아와 아프리카의 고대사에서 유목과 농업은 서로 대립되는 행위였다. 이 두 지역의 지리적 여건은 유목생활을 하지 않으면 안 되게 만들어졌다.

그러나 농토나 시장의 이점 때문에 도시를 건설하게 된 사람들에게는 유목민이 공포의 대상이었다. 그러므로 농업 국가에서 유목민의 위협으로부터 농업을 지킨다는 것은 일종의 종교적인 사명을 띨 정도로 막중한 있었다.

영국이나 미국 같은 비교적 근세에 와서 개화가 된 나라들에서도, 한 국가로서 또는 한 개인으로서 옛날부터 지속되어 온 이 투쟁의 역사를 지금까지 겪고 있는 것이다.

유목과 농업이라는 두 경향의 상호 대립적인 의식은 개인의 경우에도 그대로 적용된다. 모험에 대한 동경심이 앞서느냐 아니면 평온한 생활을 더 즐기느냐에 따라서 둘 사이의 갈등은 적잖이 치열해진다.

강인한 체력과 넘치는 정력을 가진 사람들은 적응력도 뛰어나 몽고의 유목민들처럼 짐마차 속에서도 희희낙락하며 생활할 수 있었다. 바다에서, 산 속에서, 심지어 눈 위에서도 자기 집에서처럼 아늑한 기분에 싸여 잠을 자고 왕성한 식욕을 보이며 흔쾌히 사람을 사귄다. 아마 새로운 대상

자연은 그 수가 몇 안 되는 법칙들의
무한한 결합이자 반복이다.

자연은 오래된 그의 잘 알려진 곡조를
무수한 편곡을 통해서 흥얼거리고 있다.

이나 흥미로운 문제에 대한 강한 호기심이 몽고 유목민의 기질을 이렇게 만들었다고 생각할 수도 있다.

하지만 목축 생활을 하는 사람들은 대부분 가난하고 굶주려서 거의 절망 상태에 있었다. 그래서 결국 이런 지적인 유목 생활은 잡다하고 하찮은 대상에 정력을 낭비함으로써 극도의 정신적인 파산을 초래하기에 이른다.

반면에 집안에 틀어박혀 있기를 좋아하는 사람은 자기 자신의 토지에서 생활의 모든 요소를 찾아낼 줄 아는 자제심을 지니고 있었으며 또 자족할 줄도 알았다. 그러나 밖으로부터 들어오는 이질적인 요소에 대한 자극을 받지 못한 농경문화는 결국 그 단조로움 때문에 퇴화할 수밖에 없는 위험을 안있다.

개인의 눈에 비친 모든 사물들은 모두 그의 마음의 상태와 똑같아진다. 그래서 그가 사실 또는 그 일련의 사실들이 속해 있는 진리를 향해 자신의 생각을 점차 이끌어감에 따라 모든 사물들은 이해할 수 있게 변한다.

모든 사람들이, 영웅시대 또는 호머 시대로부터, 조금 가깝게는 4, 5세기 위의 아테네 사람들이나 스파르타 사람들의 가정생활에 이르기까지, 그 모든 시대에 걸쳐 있는 그리스인의 역사와 문화, 예술, 그리고 시에 대해 깊은 흥미를 느끼는 이유는 대체 뭘까?

그 까닭은 모든 사람들이 개인적으로 그리스 시대의 삶을 체험해나가고 있다는 사실에 있다. 그 때의 그리스는 육체적인 본성의 시대, 다시 말하면 감각의 완성 시대이며, 정신적인 본성이 육체와 치밀하게 짜임새를 이루며 전개된 시대다.

그 시대에는 헤라클레스나 아폴로, 주피터 같은 신들의 모델을 조각가에게 제공할 만한 육체적 조건을 가진 자들이 살고 있었던 것이다.

그들은 오늘날 도시의 거리에서 얼마든지 만날 수 있는 이목구비가 아무렇게나 흩어진 얼굴의 인간들이 아니고, 고결하고 윤곽이 뚜렷하고 균형 잡힌 용모를 지닌 사람들이었다.

그들의 눈의 생김새는 곁눈질을 하거나 눈치를 살피기에는 전혀 불가능하게 되어 있었으며, 어떤 사물을 쳐다볼 때는 머리 전체를 돌리지 않을 수 없게끔 되어 있었다.

그 시대의 예의는 솔직하고 강직한 것이었다. 존경을 표하는 것은 개인적인 여러 자질, 곧 용기, 솜씨, 자제, 정의감, 힘, 민첩성, 굵고 큰 목소리, 넓은 어깨 따위에 대해서였다. 사치와 우아함이란 애초에 없었다. 인구가 적은데다 부유하지도 않았기 때문에 스스로 자기의 심부름꾼이자, 요리사, 백정, 병사의 역할까지 수행해야 했다.

필요한 것은 자기 스스로 충족시키도록 만든 이 습관은 자기의 신체를 단련시켜 놀랄 만한 일들을 처리할 수 있도록 만들었다.

고대 비극 작품이 지니고 있는, 아니 모든 고대 문학이 가지고 있는 귀중한 매력은 등장 인물들이 하나같이 순박하게 이야기하고 있다는 점이다. 말하자면 아직 심사 숙고하는 것이 몸에 배기 이전에, 마치 뛰어난 양식을 갖춘 사람이 그것을 인식하지 않고 이야기한다는 사실이다.

우리가 고대의 인물들을 찬미하는 것은 낡은 것에 대한

찬미가 아니라 그 본성에 대한 찬미다. 그리스인들은 사색적이지는 않았지만 감각적이었고, 건강에서만큼은 세계 역사를 통해서 가장 완벽한 육체를 가지고 있었다.

그리스인들의 아름다운 우화는 공상에서 나온 것이 아니라 상상력에서 나온 진정한 창작품이기 때문에 거기에는 보편적인 진리가 담겨 있다.

프로메테우스의 이야기에는 얼마나 함축적인 의미와 변하지 않는 적절함이 담겨 있는가! 그것이 유럽 역사의 첫 장에 놓이는 기본적인 가치 이외에도(이 신화는 기계 기술의 발명과 함께 식민지인의 이주라고 하는 믿을 만한 역사적 사실에 엷은 장막을 치고 있다) 이 이야기는 후세 사람들의 신앙과 상당히 유사한 성격을 띤 종교의 역사로 읽히기도 한다.

프로메테우스는 말하자면 낡은 신화 속의 예수다. 그는 인간의 친구로서, 영원한 아버지의 부당한 심판과 죽음을 운명으로 지닌 인간 사이에 서서, 인간을 위해서 모든 고통을 감내하고 있는 것이다.

길가에 앉아서 지나가는 모든 사람들에게 수수께끼를 던졌다고 하는 스핑크스의 옛 우화도 우리에게 깊은 감명을 주고 있다.

만일 지나가는 사람이 수수께끼를 풀지 못하면 스핑크스는 그를 산 채로 삼켜버렸다. 그러나 만일 그가 수수께끼를 풀면 스핑크스는 죽음을 당했다.

우리 인간의 일생이란 사실이나 사건들이 날개 달린 듯 끝없이 휘몰려 다니는 것이 아니고 무엇이었겠는가? 이러한 잡다한 변화는 찬란하고 다양한 모습을 띠고 일어나 인간의 정신에 질문을 던지고 있다.

뛰어난 지혜로 제반 사실들과 문제에 대해 그때그때 해답을 줄 수 없는 사람은 그들의 부림을 감내해야만 한다.

사실들은 인간이 하는 일에 훼방을 놓고, 인간을 억압하여 스스로 틀에 박힌 인간, 평범한 상식을 가진 사람이 되게 만든다. 사실에만 충실히 복종한 결과 인간이 진정한 인간이 될 수 있는 모든 불꽃을 꺼버리고 만 셈이 된다.

그러나 이와 반대로 더 높은 본능이나 정조에 충실하면서 사실의 지배를 거부하고 영혼으로 굳건히 자리를 잡고 원리와 본질을 꿰뚫어보게 된다면 그 때는 모든 사실들이

즉각적으로 무릎을 꿇고 제각기 있어야 할 자리에 유순하게 주인을 찾아든다.

그들은 비로소 자신의 참된 주인을 깨닫고 가장 하찮은 사실 하나에 이르기까지 인간의 영광을 위해 봉사하게 된다.

사람의 마음은 몇 세대 동안 생각을 거듭한다고 해도 사랑의 열정이 단 하루에 가르칠 수 있는 정도의 자각도 얻지 못하는 경우가 있다.

치욕스러움에 분노하거나, 감동적인 웅변에 가슴을 울렁거려 보거나, 국민적인 흥분이나 경악의 순간에 수많은 민중들과 함께 흥분해보지 않고서 누가 자기 자신을 알고 있다고 말할 수 있을까?

누구라도 자신의 경험을 앞당겨 간파하거나, 새로운 물건이 어떤 능력을 보이고 어떤 감정을 불러일으킬 것인지 예견할 수는 없다. 그것은 마치 내일 처음으로 만나게 될 어떤 사람의 얼굴을 오늘 떠올려 볼 수 없는 것과 같다.

역사는 아직 인간의 사상적 연대기에 불과한 것인가? 그것은 우리가 죽음이니 불멸이니 하는 이름 아래 감추어 두고 있는 신비에 어느 정도의 빛을 던져주고 있는 가?

이제 모든 역사는 우리의 유사성의 범위를 꿰뚫어보고, 사실을 상징으로 보는 지혜로 쓰여야 한다. 우리의 이른바 역사라는 것이 참으로 천박한 야담에 불과하다는 것을 알 면서 나는 부끄러움을 느낀다.

만약 우리의 눈으로 너무 오랫동안 보아 온 이기심과 오만의 낡은 연대기 대신에 우리의 중심이며 광범위 한 관계를 가진 본성을 한층 더 진실하게 표현하고자 한다 면—말하자면 윤리적인 혁신에서, 언제나 새롭고 언제나 치유력을 가진 양심의 쇄도들—우리는 우리의 연대기를 보다 더 폭넓고 깊이 있게 기술해야만 한다.

초영혼

The Over-Soul

. . .

영혼은 진리를 감지하며, 계시한다. 모든 사물들이 녹아
서 파도가 되어 빛의 바다에 출렁이게 될 때까지 타오르
는, 저 생명이 약동하고, 성스러운, 천상의 똑같은 불빛
에 의하여 우리는 서로를 알며, 우리의 정신이 어떤지를
서로 깨닫는다.

영혼의 모든 행위에 나타나는
인간과 신의 합일에 대해 함부로 말해서는 안 된다.

성실한 마음으로 신을 떠받드는 가장 소박한 사람,
그가 곧 신이다.

▼▲▼

인간은 발원지가 드러나지 않은 하나의 흐름이다. 인간이란 존재는 자신이 어디서 어떻게 흘러 들어왔는지 그 근원을 알 수 없다. 아무리 꼼꼼하게 앞으로 일어날 일을 따져보는 사람조차도 바로 다음 순간에 어떤 일이 일어나 그의 예측이 빗나가게 될지 미리 알 수는 없다.

나는 매 순간마다 어떤 일들에는 나의 의지라고 부를 만한 것보다 한 단계 더 높은 원인이 존재한다는 것을 인정하지 않을 수 없다.

생각이라는 것도 우리 주변에서 일어나는 일과 마찬가지다. 근원을 알 수 없는 곳에서 발원한 물줄기가 잠시 내 마

음속으로 들어와 강을 이루어 흘러 넘치는 것을 바라볼 때,
나는 내 자신이 그 흐름의 원인이 아니라 수혜자이며 그저
어리둥절한 방관자에 불과하다는 것을 깨닫는다.

다만 간절히 바라고 존중하면서, 이런 전망을 갖게 만드
는 어떤 낯선 힘을 그저 받아들일 수밖에 없다는 것이 내
처지다.

마치 대지를 품 안에 감싸는 대기처럼, 우리를 편안히 쉬
게 하는 저 위대한 자연이야말로 과거와 현재에 일어난 모
든 실수를 지적하는 '최고의 비판자'이며, 마땅히 일어나야
할 일들을 말하는 유일한 예언자다.

또한 사람이란 모두 개별적인 존재라는 생각을 받아들
이면서도, 인간이 아닌 다른 모든 존재와 하나가 되게 하
는 것이 바로 통일이자 초영혼超靈魂이며, 모든 진지한 대
화가 그에 대한 숭배이고, 모든 바른 행동이 그에 대한 복
종이라는 것이 공통된 이해이며, 우리의 잔꾀와 재주를 무
력하게 하고, 어떤 사람이든지 애써 그들의 진가를 드러내
도록 하며, 혀끝으로가 아니라 인격에서 우러나오는 말을
하게 하고, 항상 우리의 생각이나 손 안에 들어와서는 지

혜와 미덕이 되고, 힘과 아름다움이 되는 저 압도적인 힘의 실재이다.

우리는 연쇄와 나눔 속에 살고 있으며, 부분이자 분자로 살고 있다. 그와 동시에 인간의 마음속에는 우주의 영혼, 현명한 침묵, 모든 부분과 분자가 균등하게 서로 연관되어 있는 보편적 아름다움, 또는 저 영원한 하나가 들어 있다.

우리가 그 안에서 살며, 모든 행복을 손쉽게 얻을 수 있게 하는 이 심원한 힘은 언제나 자족적이며 완전할 뿐만 아니라, 보는 행위와 보이는 것, 보는 주체와 객체, 주관과 객관이 하나로 이루어져 있다.

우리는 세계를 태양, 달, 동물, 나무 따위로 따로따로 구분해서 본다. 그러나 이 빛나는 부분으로 이루어진 전체, 그것이 영혼이다.

시대의 운세는 오직 지혜의 눈으로만 읽을 수 있으며, 우리가 더 나은 생각에 의지하고, 저마다 본래부터 가지고 태어난 예언의 정신에 따름으로써 우리는 그 영혼이 말하는 바를 알 수 있다.

감히 내가 그것을 말하려는 것은 아니다. 나의 언어는 부족하고 열의가 미치지 못하므로 그 장엄한 뜻을 전하지 못한다. 오직 영혼만이 그것을 바라는 사람들에게 영감을 줄 수 있다. 보라! 그런 사람의 말은 서정적이고 달콤하고 또한 마치 바람이 일듯, 온세상에 널리 퍼지리라.

그렇지만 나는, 신성한 말을 사용할 수 없다면 세속적인 말을 가지고서라도, 신이 살고 있는 하늘을 가리켜 보이고, 이 지고한 법칙의 초월적인 단순성과 활기에 관해 내가 수집한 몇 가지 암시를 전하고 싶다.

이 모든 것은, 인간의 영혼이란 인체의 한 기관이 아니라 모든 기관에 활기를 불어넣어 주고 그것을 움직이게 하는 것임을, 다시 말해서 기억력이나 계산력, 비교 능력과 같은 하나의 기능이 아니라는 것을 — 이 모두를 손발처럼 사용하며, 하나의 능력이 아니라 빛이고, 단순히 지성이나 의지가 아니라 그것들을 움직이는 주인이며, 이 모두를 감싸는 존재의 배경임을 — 따라서 그것은 소유할 수도, 또 소유되지도 않는 무한한 것임을 보여준다.

안으로부터 혹은 배후로부터 나온 하나의 빛은 우리를 통하여 사물을 환히 비춤으로써, 우리로 하여금 우리 자신은 아무것도 아니며 이 빛이야말로 모든 것임을 깨닫게 만든다. 사람이란 모든 지혜와 선을 그 안에 간직하고 있는 사원의 외관과도 같다.

영혼이 인간의 지성을 통해 생기를 불어넣으면 그것이 천재다. 영혼이 인간의 의지를 통해 생기를 불어넣으면 그것이 덕이다. 영혼이 인간의 감정을 통해 충만하면 그것이 사랑이다. 그리고 지성이 오직 그 자체에 머물면 맹목적이 되고, 개인이 오직 그 자신만을 위할 때, 그의 의지는 약해진다.

모든 개혁은 우리가 가진 어떤 특별함 안에서 영혼이 우리를 통해 마음껏 작용하게 만드는 것, 달리 말하면 우리로 하여금 그것에 복종하게 만드는 데에 있다.

순수한 행동 속에 깃들인 영혼에게 미덕이란 자연스러운 것이지 애써 노력한 결과가 아니다. 그의 가슴에다 말을 걸면, 그는 한순간에 덕스러운 사람이 되는 것이다.

이와 똑같은 감정 속에 지적 발달의 싹이 있고, 그 역시 같은 법칙을 따른다. 겸양, 정의, 애정, 열망의 마음을 갖춘 사람은 학문과 예술, 웅변과 시, 활동과 은총을 내려다볼 수 있는 단상에 이미 올라 있는 것이다.

이 같은 다시없는 도덕적 행복 속에 사는 사람은, 사람들이 그토록 소중히 여기는 그 특별한 힘을 이미 향유하고 있는 것이다. 마치 사랑에 빠진 사람이 이 세상의 모든 선물을 받았다고 여기는 것처럼.

이와 마찬가지로 최고의 정신에 스스로를 완전히 내맡긴 사람은 자신이 그 절대자의 모든 일에 관련되어 있음을 느끼게 되고, 그리하여 개개의 특별한 지식과 힘에 이르는 왕도를 걷게 될 것이다.

이 근원적이고도 원초적인 감정으로 끓어오르면서 우리는 멀리 떨어진 주변에서 단번에 세계의 중심으로 도약하

게 되고, 거기에서 우리는 마치 신의 안방에서처럼, 사물의
원인과 그 완만한 결과였던 우주의 실상을 볼 수 있게 되는
것이다.

　신의 가르침을 보이는 방식 중에 하나는 어떤 형체 속
에 — 우리 인간과 같은 형체 속에 — 영혼을 불어넣어 보여
주는 것이다. 나는 사회 속에서 산다. 나의 정신을 사로잡
는 사상에 화답하며, 내가 좇아 사는 그 거대한 본능에 순
종하는 사람들과 더불어 산다.
　나는 그들에게도 같은 영혼이 나타나는 것을 본다. 나는
공통의 본성이 있다고 확신한다. 이러한 타자의 영혼들, 나
와 분리된 이런 자아들이 다른 어떤 것보다 나를 끌어당긴
다. 그들은 나의 내면에 우리가 열정이라고 부르는 새로운
감성, 곧 사랑, 증오, 공포, 찬탄, 연민을 불러일으키고, 그
리하여 대화, 경쟁, 설득, 도시와 전쟁이 시작된다.

두 사람 사이의 모든 대화에서 암묵적으로 제삼자에 관
해 언급하듯이 공통적인 본성에 관해 거론하기 마련

이다. 그 제삼자 혹은 공통적인 본성은 사회적인 것이 아니라 몰개성적인 것, 곧 신 자체이다.

그리고 진지한 토론, 특히 엄숙한 주제에 관한 열띤 토론이 이루어지는 자리에서, 참석자들은 모든 사람들의 생각이 일정한 수준으로 올라가는 것을 느끼며, 말하는 당사자는 물론이고 참석한 모든 사람들이 논의되는 내용에 대해서 어떤 정신적인 일체감을 갖게 된다. 사람들이 그 이전보다 더 현명해지는 것이다.

그 사상의 일체감이 모든 사람의 마음을 한층 고상한 힘과 의무감으로 고동치게 만들고, 그리하여 보통 때와는 다른 특별히 엄숙한 마음으로 생각하고 행동하게 하며, 사원처럼 그들의 머리 위에 군림한다. 사람들은 차원 높은 침착성을 경험하고 있는 것이다. 그것은 모두를 위하여 빛을 발한다.

아무리 뛰어난 사람이라도 형편없는 사람이라도 인간에게는 공통적인 지식이 있는데, 우리의 일반적인 교육제도는 오히려 그것을 침묵시키고 발현되지 못하도록 만든다.

마음은 하나다. 그러므로 진리 그 자체를 사랑하는 최고의 정신을 가진 사람들은 진리에 대한 소유권 따위에는 그다지 마음 쓰지 않는다.

그들은 어디서나 그것을 감사하는 마음으로 받아들인다. 그들은 거기에 어떤 사람의 이름을 붙이거나 도장을 찍지 않는다.

왜냐하면 진리는 이미 오래 전에, 영원한 옛날부터 그들의 것이었기 때문이다.

학자들이나 부지런히 사상을 탐구하는 사람들은 결코 지식을 독점하려 하지 않는다. 한쪽으로 지나치게 빠져들면 올바르게 사고할 수 없기 때문이다.

우리가 마음에 새겨 두어야 할 견해들이란 대부분 그다지 예리하지 않은 관찰력의 소유자나 학문에 조예가 깊지 않은 사람들에 의해 이루어져 왔다. 그들은 우리가 그토록 오랫동안 원했으면서도 끝내 찾지 못했던 것을 힘들이지 않고 말한다.

영혼의 활동은 어떤 대담에서 직접 거론된 것보다 서로 느끼면서 미처 다 말하지 않은 영역에서 더 빈번하게 이루어진다.

모든 사회는 영혼의 품 안에 있다. 따라서 사람들은 서로에게서 무의식적으로 그것을 찾으려 한다. 우리는 우리가 행하는 것 이상으로 잘 알고 있다. 우리는 스스로를 완전히 파악하고 있지는 못하지만, 우리가 스스로 알고 있는 것보다 훨씬 더 대단한 존재라는 것쯤은 알고 있다.

나는 이웃과의 사소한 대화에서도 종종 똑같은 진리를 깨닫는다. 곧 우리 속에 깃들인 어떤 높은 존재가 이 무대한 귀퉁이에서 일어나는 부극副劇을 내려다보고 있고, 각자의 등뒤에 있는 주신主神인 주피터가 또 다른 주피터에게 서로 고개를 끄덕이고 있다는 느낌을 받는 것이다.

우리는 우리가 아는 것보다 훨씬 더 현명한 존재다. 우리가 우리의 생각을 손상시키지 않고 전적으로 자신의 생각에 따라 행동하거나, 또는 사물들이 어떻게 신을 상징하고 있는가를 깨닫게 되면, 우리는 특정한 사물, 나아가 모든 사물과 모든 인간을 알 수 있다.

왜냐하면 이 모든 세상의 창조주가 우리의 배후에서 우리를 통하여 모두에게 자신의 가공할 전지전능을 행사하기

우리가 더 나은 생각에 의지하고,
저마다 본래부터 가지고 태어난 예언의 정신에 따름으로써

우리는 그 영혼이 말하는 바를 알 수 있다.

때문이다.

우리는 영혼의 표현, 곧 본성을 드러내는 행위를 계시라는 용어로써 나타내고자 한다. 이 말에는 언제나 숭고한 감정이 뒤따른다. 왜냐하면 이 교류를 통해 신성한 정신이 우리의 정신 속으로 흘러들기 때문이다. 그것은 밀물이 생명의 바다로 굽이쳐 흐를 때 개개의 작은 강줄기는 썰물이 되는 것과 같은 이치다.

이 중심이 되는 계율을 진정으로 깨달을 때마다 사람들은 외경과 환희로 가슴을 떤다. 그리고 새로운 진리를 받아들일 때도, 헌신적인 행동을 할 때도, 자연의 심장에서 퍼져 나온 전율이 모든 사람의 가슴을 꿰뚫는다.

이 영적 교류에서는 사물을 보는 힘과 행동의 의지가 따로 떨어져 있지 않다. 그러나 통찰력은 복종에서 나오고, 복종은 환희에 찬 인식에서 비롯된다. 개인은 그것이 자신에게 물밀듯이 몰려들던 순간을 결코 잊을 수 없다. 우리의 천성은 반드시 이런 신성함을 느낄 때 개인의 의식이 어떤 열광에 휩싸이도록 만든다.

이 열광이 어떤 특성을 가지고 있으며 어느 정도 지속되는지는 그것을 받아들이는 개인에 따라 다르다. 그것은 드물긴 하지만 황홀경과 몽환과 예언적 영감의 상태에서부터, 그 감정의 효력이 미약하긴 하지만 마치 집안의 화롯불처럼 모든 가족과 친지들을 따뜻하게 해주고 사회가 존립할 수 있도록 만들어주는 훈훈한 빛에 이르기까지 다양하다.

내일 일어날 일들이 베일에 가려져 있는 것은 '신의 뜻'이라는 자의성의 문제가 아니라 인간의 본성 때문이다. 영혼은 인과의 법칙 말고는 다른 암호를 꺼내놓고 우리가 읽어내기를 바라지 않기 때문이다. 사건을 가리는 이 장막으로 영혼은 인간의 아이들에게 오늘에 충실할 것을 가르친다.

이 미래에 대한 감각적 질문에 대해 답을 얻기 위해서는 온갖 저속한 호기심을 버리고, 우리를 자연의 비밀 속에 떠돌게 하는 존재의 흐름을 받아들이며, 부지런히 일하며 사는 것뿐이다. 그리하여 점차 내일을 향해 다가가는 영혼은 우리가 의식하지 못하는 사이에 저 혼자의 힘으로 새로운 조건을 만들어 버려서, 마침내 질문과 답이 하나가 되게 하는 것이다.

따라서 영혼은 진리를 감지하는 사람이며, 계시하는 사람이다. 모든 사물들이 녹아서 파도가 되어 빛의 바다에 출렁거리게 될 때까지 타오르는, 저 생명이 약동하고, 성스러운, 천상의 똑같은 불빛에 의하여 우리는 서로를 알며, 우리의 정신이 어떤지를 깨닫는다.

이 피할 수 없는 본성의 힘에 의해 개인의 의지는 압도당하고, 우리의 노력이나 결점과는 무관하게, 당신의 영혼은 당신에게 말하고 나의 영혼은 나에게 말하는 것이다. 자발적으로가 아니라 우리가 모르는 사이에, 우리는 우리가 어떤 존재인가를 가르칠 것이다.

생각은 우리가 결코 열어 놓은 적이 없는 길을 통해 우리의 마음으로 들어오고, 그리고 다시 우리가 자발적으로 열어 놓은 적이 없는 길을 따라 우리 마음 밖으로 나간다. 성격은 우리들의 이성을 초월해 가르친다.

진정한 진보의 확실한 표지는 사람이 말하는 어조 속에 담겨 있다. 그가 몇 살이며, 어떻게 자랐으며, 어떤 사람과 사귀고, 어떤 책을 읽고, 어떤 행동을 하며, 어떤 재능을 가졌는지, 아니 이 모든 것을 합친다고 해도, 그가 자신보다 더 높은 정신에게 경의를 표하는 것을 막을 수는 없다.

만일 그가 신의 품 안에 안주하지 못했다면, 그의 태도나, 언어 구사력, 문장의 성향, 말하자면 그의 의견을 세우는 모든 일은 그가 아무리 감추려고 애써도 결국에는 스스로 드러내고 말 것이다.

그러나 그가 자신의 중심을 신에게서 찾았다면, 거룩한 신의 빛이, 그가 아무리 무지와 불친절과 온갖 악조건을 가장하고 나설지라도, 자신을 통하여 빛을 발할 것이다. 이렇게 신을 찾을 때의 어조와 신을 얻고 난 뒤의 어조는 다른 것이다.

뛰어난 변론가로 인정받는 세속의 인간과 자신의 생각에 도취하여 반미친 듯이 예언을 토해내는 열광적인 신비주의자 사이의 가장 큰 차이는, 한쪽에서는 사실의 당사자 혹은 소유자로서 내면으로부터, 또는 경험에서 우러나오는 말을 한다면, 다른 한쪽에서는 밖으로부터, 단지 방관자로서 아니면 제삼자의 증거를 통해 사실을 접한 사람으로서 말을 한다는 점이다.

나에게 밖으로부터 설교를 해봐야 아무 소용이 없다. 그 정도는 나 스스로도 간단히 할 수 있다. 예수는 언제나 내면으로부터 말을 했으며, 그것으로 다른 모든 사람을 초월했다. 기적은 바로 거기에 있다.

세상의 지혜란 대부분 지혜가 아니다. 가장 많은 조명을 받은 부류의 사람들이 성취한 문학적 명성을 인정하지 않는 것은 아니지만, 그들이 진정한 작가는 아니다. 우리는 대다수의 학자와 작가들에게서 신성한 분위기를 전혀 느끼지 못한다. 우리가 그들에게 느끼는 것은 영감보다는 오히려 요령과 잔재주다.

그들은 빛을 받고 있으면서도 그것이 어디서 오는지도 모르고 오히려 그것을 자신의 것으로 여긴다. 그들의 재능이란 어떤 한 능력이 과장된 것으로, 마치 들쭉날쭉하게 자란 손발과 같다.

그들의 힘이란 일종의 병이다. 이런 경우에 지적 재능은 미덕이라는 느낌이 들기보다는 거의 악덕에 가깝다. 인간의 재능이 진리에 이르는 길을 가로막는다고 느껴질 정도다.

그러나 천재는 종교적이다. 그것은 인간의 공통적인 심성을 보통 이상으로 많이 받아들인다. 그것은 결코 비정상적이지 않으며, 다른 사람들과 더 닮았으면 닮았지 다르지 않다. 모든 위대한 시인들에게는 그들이 발휘하는 어떤 재능을 능가하는 인간성에 대한 지혜가 있다. 작가, 재사才士, 열성당원, 세련된 신사, 이들이 인간 그 자체를 대신하는 것은 아니다.

위대한 신에게 경배하고자 높이 오르는 영혼은 평범하고 진실하다. 장밋빛으로 치장하지 않고, 멋진 친구도, 기사도 정신도, 모험적 사건도 없으며, 남의 찬탄을 바라지 않고, 그저 열심히 일상의 날들을 살아가며 지금 이 시간에 안주한다.

이 현재의 순간과 평범하고 사소한 일들이 생각에 스며들면서, 나아가 빛의 바다를 흡수하게 되기 때문이다.

영혼의 모든 행위에 나타나는 인간과 신의 합일은 함부로 말해서는 안 된다. 성실한 마음으로 신을 떠받드는 가장 소박한 사람, 그가 바로 신이다.

우리가 전통의 신을 타파하고 수사修辭의 신을 제거할 때, 그 때 신은 그의 존재를 드러내며 우리 마음에 뜨겁게 타오르게 될 것이다. 이것은 마음이 두 배로 커지는, 아니, 성장의 힘을 받은 마음이 새롭게 무한에 이를 때까지 사방으로 한없이 팽창하는 것이다.

이런 체험은 사람에게 확고한 믿음을 심어준다. 그것은 최고의 선이 진리라는 것을 신념으로써가 아닌 눈으로 보게 해주는 것이다. 이런 생각 속에서 사람은 모든 개개인의 불확실성과 두려움을 쉽게 떨쳐버리고, 자신의 사사로운 의문에 대한 해결책쯤은 시간이 확실하게 일러 줄 것이라고 믿는다.

자신의 행복을 소중하게 여기는 것이 사람의 마음이란 것을 사람들은 잘 알고 있다. 인간의 마음에 존재하는 법칙에 따라, 사람은 누구도 거스를 수 없는 믿음으로 넘쳐흘러, 끝내 인간의 조건에서 그토록 완벽했던 계획이나, 마음 깊이 간직했던 모든 희망도 그 도도한 흐름에 깨끗이 휩쓸려 가버린다. 사람은 이제 자신이 만든 선으로부터 벗어날 수 없음을 믿는다.

진정으로 그대를 위해 존재하는 것들이라면 그대에게 이끌려 다가올 것이다.

당신은 지금 친구를 찾기 위해 뛰어다니고 있다. 당신의 발은 뛰어다니게 내버려두더라도 당신의 정신은 그럴 필요가 없다. 만약 당신이 친구를 찾지 못한다면, 찾지 못하는 것이 최상이기 때문이라고 받아들이면 안 되는가?

왜냐하면 당신에게 있는 어떤 힘은 또한 그에게도 있다. 그래서 두 사람이 만나는 것이 최선이라면 반드시 그 힘이 두 사람을 만나게 할 것이기 때문이다.

영원한 사실은 바꿀 수 없다.
영혼은 위대하지만 평범하다.
그들은 아첨꾼도 아니며 추종자도 아니다.

당신은 당신이 가진 재능과 취미에 따라, 인간에 대한 사랑과 명예에 대한 희망에 도움이 되는 일을 하기 위해 열심히 준비하고 있다.

　그러나 그 준비한 일이 실행되지 않더라도 그것을 기꺼이 받아들일 각오가 되어 있지 않다면, 그 일을 할 권리가 없다는 생각을 해본 일은 없는가?

　오, 이 둥근 지구 위에서 떠도는 모든 말 중에서 그대가 마땅히 들어야 하는 것이 있다면, 반드시 그대의 귓가에 울릴 것이라는 것을 믿어라.

　모든 격언, 모든 책, 그리고 그대에게 도움이 되고 위안이 되는 속담은 무엇이든, 직접적이건 우회적이건, 당신에게 반드시 다가올 것이다. 단순한 환상에서가 아니라 그대의 담대하고 부드러운 마음이 간절히 바라는 친구들은 모두 그대를 자기의 품안에 끌어안을 것이다. 이는 곧, 그대의 마음이 모든 사람의 마음이기 때문이다.

　자연에는 그 어디를 둘러봐도 문이나 벽, 가로지르는 길 따위가 없다. 한 방울의 피는 아무런 방해도 받지 않고 모든 사람들 사이를 끝없이 순환한다. 마치 지구의 물이 모두

하나의 바다를 이루고 있고, 사실 그 조수가 모두 하나인
것과 같다.

그렇다면 사람에게 모든 자연과 모든 사상이 자기의 마
음에 계시되어 있다는 것을 깨닫게 하라. 다시 말하면, 최
고의 존재가 인간과 더불어 살고 있음을, 만일 의무의 감정
만 인간의 마음에 남아 있다면, 자연의 원천이 거기에 깃들
여 있다는 것을 배우게 하라.

그러나 위대한 신이 말하고자 한 바를 알고 싶다면, 예
수가 말했듯이 사람은 "그의 밀실에 들어가 문을 닫아야 한
다." 신은 비겁한 자에게는 모습을 드러내지 않는다. 사람
은 다른 사람들이 드리는 온갖 경배의 소리로부터 물러나
자신의 내면에 귀를 기울여야 한다. 자신의 기도를 드릴 때
에는 다른 사람의 기도조차 해로울 수가 있다.

신에게 호소를 할 때는 여러 사람이 함께 하나 혼자서
하나 아무런 차이가 없다.

권위를 바탕으로 한 신앙은 참된 신앙이 아니다. '얼마나

권위에 의존하는가'는 종교의 쇠퇴와 영혼의 떠남을 측정하는 기준일 뿐이다. 오랜 세월을 거쳐 사람들이 예수에게 부여한 지위야말로 권위의 자리다. 그 위치는 그것을 부여한 사람들의 성격을 말해준다.

영원한 사실은 바꿀 수 없다. 영혼은 위대하지만 평범하다. 그들은 아첨꾼도 아니며 추종자도 아니다. 그는 결코 그 본질을 떠나 다른 것에 호소하지 않으며, 오직 그 본질만을 믿을 뿐이다.

인간의 그 무한한 가능성 앞에서는 일체의 순수한 경험과 모든 위인들의 일대기 — 그것이 아무리 오점이 없고 깨끗한 것일지라도 — 는 위축되고 만다.

우리의 불길한 예감이 미리 보여주는 천국 앞에 서면, 우리가 그 동안 보고 읽은 어떤 삶의 형식도 쉽게 칭송할 수 없다. 그보다는 오히려 이 세상에 위인이란 극소수에 불과하며, 더 가혹하게 말한다면 위인이란 존재하지 않으며, 어떤 역사에도 우리를 완전히 만족시키는 인물이나 생활 방식에 대한 기록이 있을 수 없다고 주장해야 할 형편이다.

역사가 떠받드는 성인이나 신격화된 위인에 대해서도 우

리는 곧이곧대로 받아들일 수는 없다. 힘들고 외로울 때는 이런 위인들을 떠올리는 것만으로도 힘을 얻기는 하지만, 대개 생각 없고 평범한 사람들에 의해서 그렇듯이, 그들에 대해 관심을 갖도록 강요한다면, 그들은 우리를 피곤하게 하고 우리의 삶을 침해할 뿐이다.

우리의 영혼은 혼자이고 독창적이고 순수한 그 자신을, 역시 혼자이고 독창적이고 순수한 초월적 영혼에게 바친다. 이런 조건 아래서 초월적 영혼은 우리의 영혼을 통해서 말을 한다. 기쁨에 찬 영혼은 더 젊어지고 활발해진다. 반드시 현명하다고 할 수는 없지만, 사물을 꿰뚫어 보기도 한다.

그것은 종교적이라고 할 수는 없지만 순진하다. 그것은 빛을 자기의 것이라 단정하고, 풀이 자라는 것도 돌이 떨어지는 것도 모두 그가 지닌 본성보다 열등하지만 본성에 의한 법칙에 좌우되는 것이라고 느낀다.

영혼은 말한다. 보라, 나는 위대하고 보편적인 마음속에서 태어났다. 불완전한 내가 내 자신의 완전을 숭배한다. 어쨌든 나는 위대한 영혼을 내 마음에 받아들인다. 그리하여 나는 태양도 별도 눈 아래로 내려다보며, 그들을 변화하고 사라지게 하는 아름다운 우연이요 결과라고 느낀다.

많고 많은 영원한 자연의 정기가 내 안에 들어올수록, 나의 관찰이나 행동은 모든 사람에게 열려있으며 인간적인 것이 되어 간다. 그리하여 나는 내 생각 속에서 살고 불멸하는 에너지로 행동한다.

이처럼 영혼을 섬기고, 옛 사람들이 말했던 바와 같이 '영혼의 아름다움이 무한한 것'임을 배우면서, 세계란 것이 영혼의 작용으로 일어난 영원한 기적임을 깨닫고, 개개의 이적異蹟은 별로 놀랄 만한 것이 아님을 알게 된다.

아울러 세속적인 역사란 있을 수 없으며 모든 역사는 신성한 것임을, 우주는 한 원자 속에도 한 순간 속에도 표현될 수 있음을 알게 될 것이다.

그는 이제 더 이상 조각과 누더기로 기운 오점으로 얼룩진 인생을 살지 않을 것이고, 성스러운 통일성 속에서 살아갈 것이다. 그는 생활이 주는 비천하고 경박한 느낌을 버리고, 모든 처지에 만족하며 그가 맡은 어떤 봉사에도 흔연히

임할 것이다.

　그가 신을 영혼에게 안겨준 신뢰에 대해 무심하게 대하
면서 침착하게 새 아침을 맞을 수 있는 것은, 그의 마음의
밑바닥에 이미 모든 미래가 펼쳐져 있기 때문이다.

에머슨의
세상을 바라보는 눈

무서워해라. 그러면 무서움은 없어진다.

사람은 누구나 그 마음속에 미치광이가 있다. 그렇기 때문에 그 미치광이가 날뛰지 않게 조심해야 한다.

상처 입은 굴이 진주를 만든다.

세상 사람들은 때로 인격과 명성을 동일시하고 혼동하기 쉽다. 인격은 그 사람이 갖춘 마음의 자태이지만, 명성은 다만 그 사람의 인상을 남이 마음대로 평판하는 외부적인 소리이다.

사람들은 사실이라고 하는 것을 창문 밖으로 걷어찼다 하더라도, 다시 집안으로 들어왔을 때 그 팽개쳐 버린 것이 벽난로 옆에 웅크리고 있는 것을 보고 놀라게 된다.

사람들은 자신의 생각을 말하는 것이 자신의 성격을 드러내게 되는 것인데도 의외로 그것을 잘 모르는 눈치다.

사람은 누구나 자신의 웃는 모습에 주의해야 한다. 웃을 때는 그 사람의 결점이 그대로 보여지기 때문이다.

사람은 누구나 자신이 하는 말에 의해서 자기 자신을 판단받게 된다. 원하든 원치 않든 말 한마디 한마디가 남 앞에 자신의 초상화를 그려 놓는 셈이다.

사람은 혼자 있을 때 정직하다. 혼자 있을 때 자기를 속이지는 못한다. 그리고 다른 사람이 있을 때는 남을 속이려고 한다. 그러나 좀 더 깊이 생각한다면 그것은 남을 속이는 것이 아니라 자기 자신을 속이고 있다는 것을 알게 될 것이다.

사람을 만날 때 우리는 그 사람이 어디 출신이며 어떤 사람인가 하는 선입견을 버리고, 곧바로 신과 대화를 한다고 느껴야만 한다.

책을 읽지 말고 영혼을 읽어야만 한다. 그렇게 될 때 조그만 예배당은 천상의 돔처럼 커다랗게 드러날 것이다.

사람이 사람다울 수 있는 힘은 그의 의지에 있는 것이지 재능이나 이해력에 있는 것이 아니다. 아무리 재능이 많고 이해력이 풍부하더라도 실천력이 없으면 아무 일도 할 수 없기 때문이다. 의지가 운명을 만든다.

삶이 고단하고 힘들다고 죽으려 하지 말라. 어깨에 진 짐이야말로 인간의 목표를 달성시키는데 도움이 될 것이다. 짐을 벗어버리는 유일한 길은 목표를 달성시킨다고 생각하며 살아가는 것이다.

상식과 솔직한 처신만큼 사람을 놀라게 하는 것은 없다.

성실한 마음보다 더 성스러운 것은 없다. 인생항로에 등장하는 마음들은 다양하다. 서로 앞을 다투어 자기가 더 소중하다고 한다. 그러나 마지막에는 성실한 마음이 제일 높은 평가를 받게 된다. 성실한 마음은 누구나 존중하므로 어느덧 성스런 위치를 차지하게 된다.

세상을 야속타 하지 말고 세상에 없어서는 안 될 사람이 되

라! 세상이 그대를 찾는 사람이 되라! 세상은 반드시 그대
에게 양식을 주리라.

시간을 충실하게 만드는 것이 행복하다.

씨를 뿌리면 거둬들이기 마련이다. 남을 때리면 당신도 고
통을 겪어야 한다. 남을 도우면 도움을 받을 것이다.

본래의 자신을 지키면서, 자기 속에 타인의 존재를 조금도
인식하지 않는 사람이야말로 훌륭한 사람이다.

빚을 지는 것은 노예가 되는 것이다.

마음이 맑고 깨끗한 사람은 온 세계가 맑고 깨끗하게 보이
고, 마음이 잡된 사람은 온 세계가 또한 잡되고 더럽게 보
인다.

만약 여러분이 인생에 성공하기를 바라거든 견인불발堅忍不拔(굳게 참고 견디어 마음이 흔들리지 않음)을 벗삼고, 경험을 현명한 조언자로 하며, 주의력을 형으로 삼고, 희망을 수호신으로 하라.

명성은 젊은이에게 광채를 주고, 노인에게는 위엄을 가져다준다.

명장明匠들도 처음에는 아마추어였다.

모든 고난은 사람의 마음을 북돋우는 박차이자 여러 가지 생각을 떠올리게 하는 귀중한 힌트이다.

모든 인간은 말씨나 행동에서 드러나는 각 인물을 판단하는 열쇠를 발견할 수 있는 최종단계에 이르기까지는 수수께끼가 된다. 그러나 그 열쇠가 발견되면 예전 말씨나 행동이 우리들의 눈앞에 밝게 드러나게 된다.

무엇이든 성취할 수 있다는 자신감, 이러한 열의 없이 위대한 일이 성취된 예는 없다.

당신의 인생은 당신이 하루 종일 무슨 생각을 하는지에 달려있다.

대화는 사상의 배출구일 뿐 아니라 성품의 출구이다.

대화는 학생들의 실험실이요, 작업장이다.

남을 위해 산다는 것은 쉬운 일이어서 누구나 잘 하고 있지만, 이참에 나는 여러분에게 자기 자신을 위해 살도록 요청한다.

내가 만나는 사람은 누구나 그 어떤 면에서 나보다 더 낫다. 나는 그에게서 그런 점을 배운다.

내가 아직 살아 있는 동안에는 나로 하여금 헛되이 살지 않게 하라.

너 자신을 누구에겐가 필요한 존재로 만들라. 누구에게든
지 인생을 고달프게 만들지 말라.

너 자신을 최대로 활용하라. 왜냐하면 그것이 너에게 주어
진 전부이기 때문이다.

너 자신의 생각을 주장하라. 결코 남을 흉내내지 말라. 자
신의 타고난 재능을 쌓아 온 능력과 함께 발휘해 보라. 다
른 사람의 재능을 따라 하는 것은 일시적인 것이다. 각자가
어떤 능력을 발휘할 수 있을지는 오직 신만이 안다.

누구나 약속하기는 쉽다. 그러나 그 약속을 이행하기란 쉬
운 일이 아니다.

한 시대의 종교는 언제나 다음 시대의 시가 된다.

할 수 있다고 믿는 사람만이 정복할 수 있다. 한번 실천해
본 사람은 다시 하는 것을 꺼리지 않는다.

행동에서는 물론이고 조용히 앉아 있거나 잠자고 있을 때도 우리들은 그 사람의 성격을 파악할 수 있다.

희망은 불가측不可測(앞을 헤아릴 수 없음)의 상황이 아니면 결코 그 아름다운 날개를 펴지 않는다. 미래가 불투명한 상황에서 희망은 드디어 빛을 발한다. 불가측한 상황에 직면할 때 더욱 더 희망을 신뢰하자.

큰 재산을 만들기 위해서는 대담함과 용의주도한 신중함이 있어야 하고, 재산을 만들어 그것을 유지하는 데는 재산을 만들기까지 쏟은 힘의 몇 배나 더 큰 대담함과 신중함이 필요하다.

친구를 얻는 유일한 방법은 스스로 완전한 친구가 되는 것이다.

가난은 가난하다고 느끼는 곳에 존재한다.

가장 보편적인 착각의 하나는, 현재는 결정을 내리기엔 가장 애매한 시기라고 생각하는 것이다. 그러나 오늘 하루는 일 년 중의 가장 중요한 날이라는 것을 명심하라.

겸손한 자가 다스릴 것이요, 애써 일하는 자가 가질 것이다.

고뇌 없이 정신적 성장이란 있을 수 없고 인생의 향상도 불가능하다. 고뇌는 생활에 있어서 필요불가결의 유익한 존재이다.

고통, 게으름, 빈곤, 그리고 끝없는 권태일지라도 당신이 훌륭한 인간이라면 그것들을 통해 큰 것을 배울 수 있다.

교사가 지닌 능력의 비밀은, 인간을 변모시킬 수 있다는 확신이다.

교육의 비결은 학생들을 존중하는 데 있다.

국가는 자살에 의하지 않고는 결코 쇠망하지 않는다.

군자는 기회가 없다고 불평하지 않는다.

그날그날이 일생을 통해서 가장 좋은 날이라는 것을 마음 속 깊이 새겨 두라.

기도란 인생의 가장 높은 경지에서 인생의 여러 사실에 대하여 묵상하는 것이다.

기둥이 약하면 집이 흔들리듯, 의지가 약하면 생활도 흔들린다.

자신이 항해하고 있는 배를 제외한 모든 배는 낭만적으로 보이게 되어 있다.

자연계에는 공짜라는 것은 없지만, 그것은 우리의 목적을 가장 빨리 달성시켜 주는 길이다.

정선精選하여 읽혀진 작은 책 안에 얼마나 거대한 부가 잠재되어 있는가? 수천 년 동안 문명국에서 선택된 가장 현명한 사람들, 그들의 지혜의 소산이 잘 정리된 채 우리에게 주어져 있는 것이다.

우리는 우리의 생활에 있어서 가장 중요한 정신적 기반을 올바른 책에서 얻을 수 있다.

정직은 가장 확실한 자본이다.

질투의 대상이 된다는 것은 저명한 사람들 모두가 물어야 하는 세금과도 같은 것이다.

아름다운 모습은 아름다운 얼굴보다 낫고, 아름다운 행동은 아름다운 자태보다 낫다.

아름다움을 사랑하는 것은 취미요, 아름다움을 창조하는 것은 예술이다.

아무리 위대한 일도 열심히 하지 않고 성공된 예는 없다.

아무리 훌륭한 생각도 그것을 행하지 않으면, 일장춘몽一場
春夢과 다를 바 없다.

악에 고통 받는 일이 없이 악을 행할 수는 없다.
어떤 사람은 슬픔을 딛고 서고, 어떤 사람은 슬픔 밑에 깔
린다.

얼음 위를 안전하게 미끌어지려면 속도를 내는 것이 안전
하다.

역경은 과학적인 가치를 지니고 있다. 그것은 무엇을 배우
고자 하는 사람에겐 절호의 기회가 된다.

역경은 청년에게 있어서 빛나는 기회이다. 젊은 시절 고생
은 발전의 밑거름이다.

열의 없이 성취된 위업은 하나도 없다.

영웅이란 보통 사람보다 용기가 더 많은 것이 아니다. 다만 다른 사람보다 5분 정도 더 오래 용기를 지속시킬 수 있을 뿐이다.

오늘을 붙들어라. 되도록이면 내일에 의지하지 말라. 오늘이 일 년 중에서 최선의 날이다.

옷을 잘 입어야 하는 또 하나의 이유가 있다. 개들도 옷 잘 입은 것을 존경하여 좋은 옷을 입은 사람은 공격하려 하지 않기 때문이다.

용기가 모든 사물에 새로운 모양새를 부여한다.

용기에는 공격하는 용기가 있고 포용하는 용기가 있다. 전자는 살육자가 되기 쉽지만, 후자는 위대한 일을 성취한다. 비겁한 이는 잔인하지만, 용기 있는 이는 자비를 사랑한다. 용기를 잃는 것은 보상을 받을 수 없는 손실이다.

우리가 거짓이라고 부르는 종교도 한때는 진리였다.

우리들이 꺾이지도 않고 굴복하지도 않았던 모든 사악은 결과적으로 볼 때 어쩌면 우리의 은인일 수도 있다.

우리들이 어디를 가든 무엇을 하든 우리들의 한 가지 연구 대상은 바로 자기 자신이다.

위대한 사람은 절대 기회가 부족하다고 불평하지 않는다.

위대해진다는 것은 오해를 받는다는 뜻이다.

음악은 인간의 마음속에 존재하는 위대한 가능성을 인간에게 보이는 것이라고 한다.

의복에만 마음이 쏠리는 것은 마음과 인격이 잠들어 있기 때문이다.

인간에게는 행복과 부귀에 관한 생각을 확실하게 가름할 수 있을 때가 있는데, 그때야말로 참된 지혜가 시작되는 시기이다.

인간의 운명은 그의 성격의 결과이다.

인생은 하나의 실험이다. 실험이 많아질수록 당신은 더 좋은 사람이 된다.

인생이란 우리들이 이 세상에 살면서 몸으로 배우지 않으면 안 되는 교훈의 연속이다.

나의 실제적인 독서 법칙은 세 가지다.
첫째, 1년이 지나지 않은 책은 읽지 않는다.
둘째, 유명한 책만 읽는다.
셋째, 좋아하는 책만 읽는다.

에머슨의 생애

A Chronology of Ralph Waldo Emerson's Life

1803년(1세)   5월 25일, 미국 메사추세츠 주에 있는 보스턴에서 제1 유
니테리언 교회 목사인 아버지 윌리엄William Emerson과
영국계 어머니 루스 헤스킨스Ruth Haskins Emerson 사이
의 넷째 아들로 태어났다. 목사 집안에서 태어나 엄격한
도덕률과 이상, 신앙에의 열정이 충만한 분위기에서 자랐
다.

1807년(5세)   형 존 클라크John Clarke 사망.

1811년(9세)   아버지 윌리엄이 마흔 두 살의 나이로 사망하자, 에머슨
가의 아이들은 어머니와 아이들을 돌보기 위해 함께 살게
된 숙모 메리 무디 에머슨Mary Moody Emerson의 명석한
사고와 비판적 지성에 깊은 감화를 받으며 성장했다.

1812~17년(10~15세) 보스턴 라틴어 학교에 다님.

1820년(18세) 평생 지속된 일기 쓰기가 시작됨. 이 일기 쓰기 습관은 에
머슨의 사고력을 키우는 데 결정적인 도움을 주었다.

1821년(19세) 교회와 숙모의 재정적·정신적 후원으로 하버드 대학에
입학, 평범한 학창 생활을 보냄. 형 윌리엄이 보스턴에서
운영하던 여학교에서 잠시 교사로 일하기도 했다.

1822년(20세) 〈그리스도의 신자The Christian Disciple〉에 첫 에세이 「중세 시대의 종교」 발표.

1825년(23세) 목사가 되기 위해 하버드 신학교Harvard Divinity School 중급반에 입학. 그가 세속의 평범한 직업을 택하지 않고 목사직을 갖고자 마음먹게 된 데에는 숙모의 영향이 컸으며, 그 영향으로 신앙과 교리의 연구보다는 철학적이고 문학적인 신학 연구에 매진한다.

1826년(24세) 사무엘 교단Samuel Ripley's pulpit에 속해 처음으로 설교함.

1827년(25세) 폐결핵의 징후가 나타나자 요양을 위해 사우스 캐롤라이나와 플로리다 등지로 여행.

1827~29년(25~27세) 대리 목사로 봉사함.

1828년(26세) 열 일곱 살의 엘렌 터커Ellen Tucker와 약혼. 동생 에드워드가 정신 장애 판정을 받음.

1829년(27세) 3월, 보스턴 제2교회의 부목사로 임명됨. 9월 엘렌 터커와 결혼. 그때부터 그는 영혼의 문제를 자유로이 논하면서 간결하고 직선적인 설교로 청중의 마음을 크게 사로잡는다.

그는 굳이 정통 기독교의 교리에 집착하지 않으면서, 형식을 초월한 내재적 자율성과 인간 영혼의 근원적 아름다움과 힘을 강조했다. 그는 정직과 진실과 열정의 목소리로 인간과 우주의 조화를 논하고 인간 내부의 영혼의 절대성을 믿을 것을 설교했다.

1831년(29세) 2월, 아내 엘렌이 열 아홉 살의 나이에 폐결핵으로 사망.

1832년(30세) 10월, 보스턴 제2교회 목사직 사임. 인습화된 교인들은 에
            머슨의 신념에 찬 목소리에 감동하면서도 형식화된 교회
            의 테두리를 벗어나기를 두려워했고, 동의하지 않았다.

            이에 에머슨은 자진해서 목사직이라는 일체의 유혹과 물
            질적 행복을 뿌리치고 '최후의 만찬'이란 설교를 끝으로 사
            직했다. 그 뒤로 두 번 다시 교구의 관리를 맡지 않았지
            만, 기회가 있을 때마다 설교는 계속해 나갔다.

            그 해 12월부터 이듬해 10월까지 유럽 여행. 아내의 죽음
            과 목사직 사임, 동생 에드워드의 정신질환으로 몸과 마음
            이 지친 에머슨은 대륙의 시인과 철학자들의 용기 있고 자
            신감에 찬 목소리, 곧 콜리지의 조화의 철학, 스웨덴보리
            의 종교적 신비철학, 워즈워드의 자연 시, 칼라일의 힘찬
            자아의 목소리에 힘을 얻고는 심신의 회복을 위해 이들을
            찾아 그 해 크리스마스에 지중해를 향해 떠난다.

            이탈리아를 경유해 파리를 방문하고, 스코틀랜드와 영국에
            서 두 달여 동안 머물면서 그는 가장 만나고 싶어했던 밀과
            콜리지, 칼라일, 워드워즈를 만난다. 특히 에머슨과 칼라
            일의 만남은 서로의 생애에 큰 영향과 변화를 가져왔다.

            에머슨은 칼라일의 저서를 미국에서 출판했고, 칼라일은
            에머슨의 논문을 영국에 소개하면서 두 사람은 서로를 존
            경하는 마음과 정신적 유대감으로 굳게 결합했다.

1833년(31세) 10월, 건강을 회복하고 새로운 희망에 부풀어 귀국한 에
            머슨의 생활은 다시는 흔들리지 않는 궤도에 올라선다.

1934년(32세) 콩코드에 집을 마련하고 정착. 동생 에드워드가 죽다. 이

곳에서 메리 숙모와 1년 정도 함께 지내며 '자연'을 주제로
한 글과 일련의 강연 원고를 썼다.

1835년(33세)　리디아 잭슨Lydia Jackson과 재혼. 보스톤에서 강연자로서
의 삶을 시작. 위인론, 영국문학, 역사철학 등의 강연으로
명성을 얻다.

1836년(34세)　5월, 막내 동생 찰스 사망. 7월, 마거릿 풀러Margaret
Fuller의 방문 받음. 9월, 첫 저서인 『자연』 출간, 10월, 첫
아들 왈도 출생.

1837년(35세)　7월, 콩코드 독립전쟁 참전용사 기념탑의 제막을 기념하
여 「콩코드 송가」라는 기념시 발표. 8월, 하버드 대학의 우
등생 친목회Phi Beta Kappa Society에서 '아메리카의 학자'
란 주제로 강연. 에머슨의 전기를 쓴 홈스 박사는 이 연설
을 미국의 '지적 독립선언문Our Intellectual Declaration of
Independence'이라 일컬었다.

1838년(36세)　4월, 체로키 인디언족의 강제 이주를 비판하는 공개 서한
발표. 7월, 학생들의 요청으로 하버드 신학교 졸업식에서
'역사적 기독교의 결함'이란 주제로 강연. 역사적 기독교
가 지나치게 예수의 개인적 권위를 신뢰한 나머지 근원적
인 인간의 도덕적 본성을 탐구하는 것을 망각하고 있음을
지적하고, 절대적 자기 신뢰와 인간의 영적 본성을 옹호
했다.

그의 주장은 그리스도의 권위에 집착하는 유니테리언 파
의 아픈 곳을 건드렸고, 보수파의 반발을 불러일으켜 당대
의 앤드류 녹턴 같은 사람은 이 같은 에머슨의 관점에 대
해 '기독교를 불신하는 가장 새로운 방식the latest form of

infidelity'이라고 공격했다.

그러나 그는 찬성에도 반대에도 귀를 기울이지 않고, 소신 있는 목소리로 계속 영혼의 위대성과 지성의 독립을 외쳤다. 그의 종교적 논제가 정론에서 벗어났다고 생각하는 사람들도 그가 예술, 정치, 문학, 가정의 일상사를 시적 상상력으로 승화시켜 해박한 지식과 종교적 열정으로 웅변을 토할 때엔 누구나 귀를 기울이지 않을 수 없었다.

그의 말에는 예언자적 영감이 깃들여 있었고, 그의 언어에는 진실과 균형이 드러났으며, 그의 풍모와 몸짓은 매력에 넘쳤다. 그의 강연은 언제 어디서든 계속되었고, 그의 명성은 점점 높아졌고, 그의 권위와 자극적인 웅변에 감동된 사람들이 찾아와 이 콩코드 철인의 목소리에 귀를 기울였다.

1839년(37세) 첫딸 엘렌 출생.

1840년(38세) 마거릿 풀러와 함께 초월주의자들의 기관지 〈다이얼〉 창간.

1841년(39세) 3월, 『제1수필집Essays-First Series』 출간. 11월, 둘째 딸 에디스 출생. 헨리 데이빗 소로우가 에머슨의 집으로 이사를 와 2년 동안 머물며 강연으로 집을 비운 에머슨의 집안 일을 돌보다.

이 무렵 『작은 아씨들』로 이름난 루이자 메이 올코트 Louisa May Alcott가 아버지의 친구인 에머슨의 주선으로 콩코드로 이주해 왔고, 이곳에서 루이자는 에머슨의 서재를 마음대로 드나들며 소로우와 함께 자연을 산책하며 유년 시절을 보내기도 했다.

1842년(40세) 1월, 첫아들 왈도, 성홍열로 사망. 뉴욕 강연중에 헨리 제임스를 만나다. 나타니엘 호손과 셰이커 교도들의 주거지를 방문하다.

1844년(42세) 7월, 아들 에드워드 출생. 텍사스 합병과 멕시코와의 전쟁을 반대하는 입장을 공개적으로 표명. 10월, 『제2수필집 Essays Second Series』을 성황리에 출간.

1845년(43세) 헨리 데이빗 소로우가 '느리게 살기' 위해 에머슨의 땅인 월든 호수에 오두막을 짓고 2년 2개월 동안 살다.

1846년(44세) 『시집Poems』 출간. 에머슨은 스스로 '나는 타고난 시인'이라고 말하고 다닐 만큼 천부적인 시적 재능을 타고났다. 그의 시는 그의 산문에서와 마찬가지로 정서보다는 이념이 강하여, 이미지가 사상적 그늘에 압도되어 교훈시의 냄새가 짙게 풍긴다.

1847년(45세) 10월, 두 번째의 유럽 방문. 영국에서 워즈워드, 찰스 디킨즈, 앨프레드 테니슨을 만나고 칼라일의 환영을 받았다. 그리고 맨체스터, 리버풀, 에딘버러, 런던 등지에서 강연회도 가졌다. 그 덕에 영국 상류층의 많은 친구들을 사귀었으며, 파리를 들러 이듬해 7월에 귀국했다.

이 여행의 인상기는 『영국인 기질English Traits』(1856년)이라는 제목의 책으로 발간되기도 했다. 이 책은 제목처럼 단순히 영국인만을 논한 책이 아니라 미국인에 대한 생각까지도 곁들인 책이다.

에머슨이 찬미한 미국은 이상적인 미국, 가능성에 충만한 미국이었다. 그는 군중, 거리, 호텔 등을 좋아하지 않았고, 인간은 사랑하면서도 민중은 싫어했다.

그는 정치적 · 사회적 개혁에 대해서 진정한 관심을 가지면서 특정한 구체적 개혁에 대해서는 다분히 공상적인 데가 있었다. 금주 문제, 부인 참정권 문제, 노예 폐지 문제 등 실제적 문제에 대해서는 항상 미온적이었다.

1850년(48세) 『대표적 인간들Representative Men』출간. 클리블랜드와 신시내티 등 처음으로 서부 지역 강연에 나서다. 마거릿 풀러, 이탈리아에서 돌아오다 뉴욕 롱아일랜드 부근에서 항해 중에 바다에 빠져 사망.

1851년(49세) 탈주 노예법the Fugitive Slave Law에 공개적으로 반대 입장을 표명하고, 이에 찬성한 상원의원 다니엘 웹스터를 비난함. 멜빌의 『모비딕Moby Dick』을 출판하다.

1853년(51세) 어머니 루스 해스킨스, 여든 다섯 살로 사망.

1854년(52세) 하버드 신학교에서 시론을 강연. 소로우, 월든 호수에서의 삶을 담은 에세이 『월든Walden』을 출판. 뉴욕에서 휘트먼과 만나다.

1855년(53세) 보스턴, 필라델피아, 뉴욕 등지에서 노예 제도에 반대하는 강연을 함. 휘트먼의 『풀잎Leaves of Grass』 초판을 받아든 에머슨은 "당신의 위대한 생애의 출발에 경의를 표합니다."라는 편지로 그의 재능을 찬양했다.

1862년(60세) 5월. 소로우의 장례식에서 추모 연설을 하다. 11월, 노예 해방을 찬양하는 글을 발표함. 에이브러햄 링컨과 만나다.

1863년(61세) 숙모, 메리 무디 에머슨 죽다.

1864년(62세) 5월. 호손의 장례식에 참석. 갓 설립된 미국 학술원 회원으로 선출.

1866년(64세) 하버드 대학에서 명예 법학박사 학위를 수여받다.

1867년(65세) 『5월제 외May-Day and Other Pieces』 출간. 하버드 대학 감
사로 선출되다.

1868년(66세) 형 윌리엄 사망.

1870년(68세) 『사회와 고독Society and Solitude』 출간.

1871년(69세) 캘리포니아를 여행하다 유명한 자연주의자 존 뮈어John
Muir를 만나다.

1872년(70세) 화재로 집이 불타는 불행을 겪었지만 주변에서 모은 기부
금으로 다시 집을 지음. 10월, 세 번째로 유럽과 중근동
여행. 파리에서 헨리 제임스의 안내로 루브르 구경. 이집
트까지 갔으나 이 무렵부터 능력과 기억력이 현저히 쇠퇴
하는 것을 느끼고 이듬해 5월에 돌아옴.

1875년(73세) 평생을 계속해 온 일기 쓰기를 중단. 약 200여 권의 일기
를 남김.

1876년(74세) 버지니아 대학 강연.

1881년(79세) 영적인 동지였던 칼라일 사망.

1882년(80세) 4월 27일, 콩코드에서 폐렴으로 사망.

* 연대기의 출처는 리처드슨이 쓴 『에머슨 : 타오르는 마음Emerson : The
Mind on Fire』, 맥알리어의 『랄프 왈도 에머슨 : 만남의 나날들Ralph Waldo
Emerson : Days of Encounter』 그리고 그 밖의 저서들을 참조했다.

216

에머슨을 읽는 지난 겨울 내내 나는 어떤 깨달음의 정점에서 들리는 기쁨의 노랫소리에 빠져 지냈다. 부엌과 마당을 오가며 일상에 바쁜 아내를 수시로 불러 세워 놓고 얼마나 지겹도록 이 에머슨의 노래를 불러댔던가! 내가 받은 감동이 아내에게도 그대로 전해지기를 간절히 바라면서.

그렇게 에머슨의 한쪽 옆구리를 무엇에 홀린 듯이 정신없이 통과하고 나니 어느 새 겨울이 지나고 온 산에는 봄꽃들이 가득하다. 에머슨의 그 무엇이 나를 그토록 열광하게 만들었을까?

답은 모든 것이다. 불쑥 이런 대답이 나오는 것을 보니 아직 그 순간의 흥분이 가시지 않은 모양이다. 하지만 그래서야 되겠는가.

나는 다시 들뜬 마음을 가라앉히며, 늘 그렇듯이 이성적
으로 보이는 몇 가지(이성의 특질 중의 하나가 바로 이렇게 늘
어놓는 것이다) 그럴듯한 이유를 떠올리면서 이 관습적인 후
기를 대신한다.

우선 에머슨은 미국에 대해 아는 것도 모르는 것도 없는
내게 미국이 어떻게 만들어진 나라인가를 — 여기서 나는
미국이라는 나라와 지금의 부시 정권을 구분한다 — 단 일
합에 깨우쳐 주었다.

내가 보기에 에머슨 이전의 미국은 자기들이 세운 나라
의 도시 이름마저 영국의 것을 그대로 빌려다 써야 안심이
될 만큼, 문화적 열등감과 뿌리 없음에 헤매던, 오로지 투
철한 개척 정신으로 무장한, 이민자들로 이루어진 평범한
유럽 문화의 주변국에 불과했다.

서른 다섯 살의 에머슨이 하버드 대학에서 가진 '미국의
학자'라는 주제의 강연에서 왜 우리는 우리만의 문화를 가
지면 안 되는가라는 질문을 던지기 전까지는 말이다. 이 연

설로 에머슨은 미국의 '지적 독립'을 선언한 선구자로 추앙을 받았으며, 미국인들은 이 쓰라린 질문으로 학자의 길을 통해 미국이라는 나라의 정체성을 '확인'함으로써 유럽의 주변국에서 한 단계 성숙한 그들만의 근대 국가를 만든 것이다.

두 번째로 나를 놀라게 한 것은 시대와 국가를 초월한 그의 보편적인 통찰력이다. 그의 글은 어디를 읽든 균형 있고 예리했으며, 인정사정 없었다. 게다가 그의 글은 마치 오늘의 우리를 염두에 두고 말하는 듯한 착각에 빠지게 만들었다.

그는 우리 정치 현실이 지닌 모순과 분열, 화합의 열기와 역사에 대한 열등감, 그리고 문화와 개인에 대한 자신감까지 조목조목 따지고 물었다.

곰곰이 생각해 보면 아주 모를 바도 아니었다. 그 무렵 미국의 정치적 풍토나 민주주의의 수준이 오늘의 우리 나라와 유사한 환경에 놓여 있지 않았나 하는 추측이 들기도

했고, 또 어떤 면에서는 그의 사상이 우리에게 익숙한 불교와 유교의 정신을 아우르고 있다는 데에 그 혐의를 두기도 했다.

그러나 보다 더 중요한 가치는 그 자신이 기독교계 목사 출신임에도 불구하고 그의 사상이 어느 한편에 치우침이 없이 보편적인 문제 의식을 가지고 합리적으로 세상을 읽고 예견했다는 데에 있다.

언제 다시 이 존경스런 '미국인'을 좀더 확실히 발라먹고 싶은 충동이 들지는 알 수 없다. 지금 나의 입가는 누가 볼까 무섭게 하늘에 걸린 보름달을 게걸스럽게 먹어치운 듯 진리의 빛으로 번뜩인다. 소화가 잘 되어야 할 텐데. 언젠가 다시 이 낯익은 거리를 지나다 좋은 벗과 함께 에머슨 식당을 찾았을 때 나의 시도 때도 없는 이 시장기가 탈없이 발휘되기를 진심으로 바란다.

에머슨 탄생 200주년을 맞는 해에 바그다드가 함락되었다는 뉴스를 들었다. 한동안 그 막대한 조상의 음덕을 마치 자신의 타고난 능력인 양 여기며 사는 오늘의 미국인들에게 에머슨이 과연 어떤 연설을 준비했을지 궁금했었는데, '미국의 학자'라는 연설에서 그가 한 '야만주의로 퇴보하는 세속적 번영'이란 표현을 발견하고는 쓴웃음을 지었다.

그 위대한 나라가 지금 힘과 이익이라는 단순하고 원시적인 코드 속에 갇혀 있는 것이다.

2014년 5월

편역자 이창기